燕垒生未来幻想作品集

燕垒生　著

天津出版传媒集团
百花文艺出版社

图书在版编目（CIP）数据

燕垒生未来幻想作品集 / 燕垒生著. -- 天津 : 百花文艺出版社, 2019.9
ISBN 978-7-5306-7743-8

Ⅰ. ①燕… Ⅱ. ①燕… Ⅲ. ①科学幻想小说-小说集-中国-当代 Ⅳ. ①I247.7

中国版本图书馆 CIP 数据核字(2019)第 185520 号

燕垒生未来幻想作品集
YANLEISHENG WEILAI HUANXIANG ZUOPINJI
燕垒生 著

选题策划: 唐 嵩 刘 勇 **版式设计**: 丁莘苡
责任编辑: 唐 嵩 李 楠 **内文插图**: 丁莘苡
封面设计: 巨阙视觉 丁莘苡 **营销专员**: 张 莹
出版发行: 百花文艺出版社
地址: 天津市和平区西康路 35 号 **邮编**: 300051
电话传真: +86-22-23332651（发行部）
+86-22-23332656（总编室）
+86-22-23332478（邮购部）
主页: http://www.baihuawenyi.com
印刷: 北京印匠彩色印刷有限公司
开本: 787×1092 毫米 1/32
字数: 140 千字
印张: 9.25
版次: 2019 年 9 月第 1 版
印次: 2019 年 9 月第 1 次印刷
定价: 39.80元

如有印装质量问题，请与北京印匠彩色印刷有限公司联系调换
地址:北京市顺义区高丽营镇
电话:(010)69491689
邮编:101399

自序

少年时读吴伯箫的《羽书》,其中收录的《夜谈》一文劈头写道:“说不定性格是属忧郁一派的,要不怎么会喜欢了夜呢?”随后,就是一连串的“喜欢”,大有金圣叹在点《水浒传》时那二十多个“不亦快哉”之味,酣畅淋漓,看不出吴先生年轻时有多忧郁,倒是意气风发的样子。

其实人的性格往往是在少年时养成的。小时候,因为父亲在部队尚未复员,母亲生了妹妹后,就把我扔在了外祖母家。那是一幢清代建起的两层木板楼,在经常会停电的二十世纪七十年代,暗夜里我拿着一盏简易的油灯,沿着仄仄的楼梯走上去,门外的石板路上响过夜归行人的跫音,而月光从紧闭的木板窗缝隙中挤进来,以致一种已被世界抛弃,这个地球只剩下我一个人的恐惧犹如利爪般抓在当时只有五六岁的我的心头。从此以后,总是喜欢读一些光明而美好的有关未来的故事。而七十年代末,正是中国大陆原创科幻在“向科学进军”的号召下蓬勃发展的时候，那时读到的未来总是明亮、鲜艳，仿佛经常出现在饼干桶上的那种温馨甜美的漆画。

然而，正如岁月会将厚厚的涂层渐渐剥落一般，这类孩提时代的美好幻想也总是如肥皂泡一般渐次破裂。沉重、失望，这一类负面的词往往会更多地与未来联系在一起。在后来率尔操觚，写一点幼稚的故事时，不知不觉地总是把未来想象成是一个噩梦般的场景。只是在写到那些经历了那么多挫折，被重压得几乎喘不过气来的人物时，又总是在他们心底留下一丝善良与希望。说不切实际也罢，即使终究要支离破碎，可那点滴微弱的光芒终究会让人感到一丝温暖。

是啊，仿佛潘多拉的魔盒里装满的尽是战争、瘟疫与痛苦，但最深处终究还藏着希望一般，这才是写下这几个故事时下笔的初衷。毕竟，不管前路有多艰险，我们终究要一步步走下去。

目录 CONTENTS

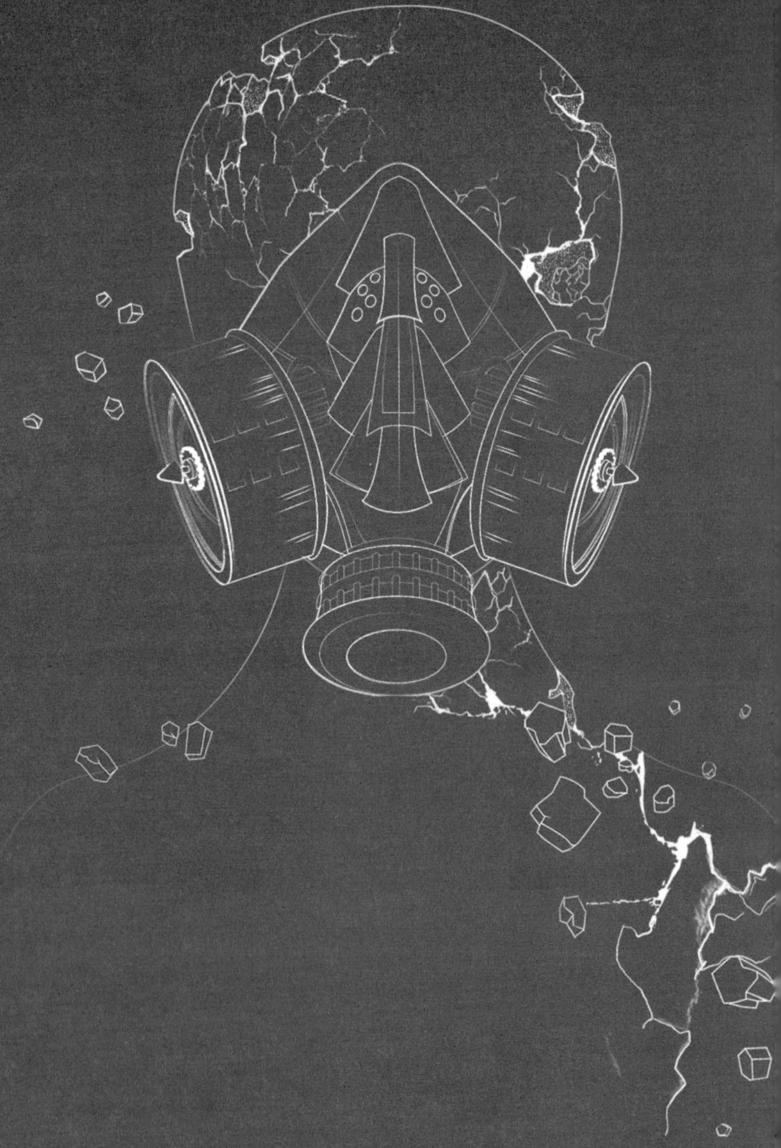

瘟疫

你们中间谁是没有罪的，谁就可以先拿石头打她。

——《圣经·新约》

我知道我是疯了,一定是。没有一个人会自愿做这种事的。

每天我穿好从头到脚的防护衣，在我心中并没有一点对此的厌恶和不安。相反,很平静。一个正常的人不会如此平静,即使注定你会死,在做这些事时总会有什么想法的。可是我每天把一车车的尸体像垃圾一样扔进焚化炉里,却像这事有种趣味。

我知道我准是个疯子。

瘟疫不知从什么时候开始流行的。

当第一个病例被披露时，人们还没有想到这事的严重性，有一些愚蠢的生物学家甚至欢呼终于找到了另一种生命形式，因为引起这场瘟疫的那种病毒的分子链中是硅和氢、氧结合而不是碳。

当感染这种病毒的初期，除了全身关节稍有点不灵便,并没有什么不适。然而到了两周后,病人会突然不会动了，首先全身皮肤成为二氧化硅，也就是石头。但此时人并没有死，眼睛还能眨动。这时的人如果想强行运动，是可以动的，只是皮肤会像蜡质一样碎裂。我看到过好几具石化了的尸体，身上凹凸不平，全是血迹。随后内脏也开始石化，直到第六周，全身彻底石化。换句话说，到第四十天左右，一个活人就成为一座石像。

没有人知道这种病毒是如何产生的。现有的抗生素也只能对蛋白质构成的病毒起作用，对这种病毒毫无用处。

更可怕的是，这种病毒的传染性极大，甚至从呼吸也可以传染。而初起阶段，正因为没有症状，极难发现。你可能在人群中走过，就已经被感染了。

唯一的特效药是酒精。

酒精可以延缓这种病毒的活动，但充其量不过是让病毒的代谢延缓一周。即使你浸在酒精里，也不过多活一个星期。据科学家说，人体的石化，是因为病毒的代谢物堆积在细胞里。酒精其实不是杀死病毒，而是让病毒保持活性。所以，酒精不是药，而更像一剂毒品。通俗点说，因为病毒保持活性，它们活得时间更长，在体内同时生存的个体数就更多，因此在它们代谢时产生的尸体也就更多,到后期人体石化得更快。

可不管从哪方面来说，人们觉得酒精还是一种灵药。

酒精的消费量呈几何级数增长。

当然，统计局早已经撤销了。世界也没有国家可言。在瘟疫早期,一些侥幸没有发现这种病毒的国家还在幸灾乐祸地指摘是其他国家的国体以至于造成了这场瘟疫，而传到自己国家时又气势汹汹地指责别国采取的措施不力。然而当这种瘟疫已呈燎原之势时,谁也说不出多余的话了。不管意识形态如何,国体如何,在这场瘟疫面前人人平等。

在这种情况下,形成了世界大同,实在是种很奇妙的现象。

紧急应变机构建立了。而这种应变，只有一种对策。对感染的人进行隔离,未感染的人发防毒面具。好在这种病毒的个体尚通不过石墨过滤器，不然人类真的要无处可逃了。

当一个人被发现感染了病毒,立刻被收缴面具。因为对于尚未感染的人类来说，一个带菌者无异于一头危险的猛兽。这些人立刻被抛弃在外，有钱的开始酗酒,不管会不会喝。没钱的到处抢劫。事实上也不必抢劫,因为三分之二的住宅已经空了,随便进出,财物也随便取用。

我的任务是善后工作。说白了,就是到处收集已经变成石像的尸体,运到郊外焚烧。由于没有药,所以只能如此做,尽量把病毒消灭掉。做这事,不但感染的可能性更高,更可怕的是,我们往往收集到尚未彻底石化的尸体。而把这样的尸体投进焚尸炉,往往会从里面发出一声撕心裂肺的惨叫。我有两个同僚因为不能忍受良心的谴责而自杀了。

这不是个好工作,但总要有人做。

我说我疯了是因为我不但不害怕这种惨叫，反而在投入每一个石像时，总是满心希望它发出那一声绝望的呼叫。

毕竟,不是所有的石像都是门农。

我驾着大卡车驶过空荡荡的街道。今天只收了七具尸体,每一具都不像还会在焚尸炉里叫唤的。

驶过一个幼儿园时，我看见一个没戴面具的男人抱着一堆东西从里面跑出来。

由于儿童的身体小，他们感染病毒后发作得比成人快得多,因此早就没有儿童了。然而这幼儿园门口并没有表明无人的白标牌,也没有红标牌,说明里面还有正常人。

现在,无人住宅钉着白标牌,而病人住宅则是红标牌。这是紧急应变司制定的制度,便于让人一目了然。如果病人抢劫的是无人住宅,并不违法。而他从这幼儿园里出来,就算那里没人了,他也是犯了抢劫罪,我可以将他就地正法。

我跳下车,拔出枪来,对他喊道:“站住。”

他站住了,看着我。他的手里,是一堆女人的衣服。不知道他拿些女人的衣服做什么，也许市区那家百货公司已被人翻得差不多了吧。

我用枪对着他,背书一样地说:“这不是无人住宅,你已经触犯《紧急状态法》第八条,必须接受死刑。”

这些话我已经说了好多遍,已是熟极而流,用不着再背诵了。在这样的年代,如果没有严厉的法律约束,那么这个世界一定比地狱还不如。

那个男人的脸也挤作一团。能做这样表情的人，至少还可以到处跑上一个礼拜。他道："我不知道，我是新来的。"

"不必解释了，你必须接受处罚。"我冷冷地说。这些理由我同样听过好多遍，他们为什么不编个新鲜一点的理由呢？尽管他必须死，可他在临死前，能让我听到一句新鲜的话也好。

他的脸扭曲、变形，嘴里开始不干不净地骂着。我开了枪。在枪声中，他的脑袋像是一堆腐败的烂肉，四处飞溅，在墙上形成一个放射状的痕迹。而他的尸体，也是真正的有血有肉的尸体，向后倒去。

《紧急状态法》第八条，凡病人进入未感染者住宅，不论何种理由，一律就地处决。

这条不近人情的法律得到了所有未感染者的支持，因而得以通过。

跨过那具尸首，我踏进那个幼儿园里。

生与死，在这个年代已不重要了。杀了一个人，我心中没有一点波动。我想的只是，他进入这里，可能原先的住民已经死了，或者这里的住民已被感染。不论如何,我必须要弄清楚。

“有人吗?”

我喊着。在教室里,还贴着一张张稚拙的儿童画,《我的家》《纸飞机》……在那些夸张得可笑的人和景中,依然看得到画画儿的孩子的天真和可爱。尽管画笔拙劣,但至少看得出画里的人还有着柔软的四肢和身体。

我没有孩子,连女友也没有过。

我伸手触摸着那些画。陈旧的纸张,已经有些泛黄,落满了灰尘,尽管隔着一层手套,我还是感觉得到那些纸在我的触摸下发出干硬的“窣窣”的声响。

没有一个人。黑板上还写着“一只手,一口米”这样的字,也已经淡得几乎看不清了,但这里没有一点有人迹的样子。也许这真是个无人住宅,我是错杀了那个人了。

可是我没有一点内疚。也没什么好内疚的,他无非早死几个星期而已。也许,对于他来说,早几个星期结束痛苦并不是件坏事。

我穿过了几个教室。后面是一排宿舍,但没有人。

看来是个无人区了。我的车里还有几块标牌,得给这儿钉上块白标牌了,省得再有人被我错杀。

我想着，正准备走出去，忽然在楼道下传来了一点响动。

楼道下，本是一间杂物间，没有人。从那里会传来什么？目前已没有老鼠了。所有的老鼠早于人石化，因为个体要小得多。现在，只有大象才能在感染后活得最久。

我打开杂物间的门，看到那里还有一扇门。这门是通向楼下的。

这里有个地下室！

我推了推门，门没开。我退了一步，狠踹了一脚，"砰"一声，门被我踹开了。

下面，简直是个玩具工场。

我说那像个玩具工场，因为足足有三十个小孩的石像。有各种姿态，甚至有坐在痰盂上的。但那确实都早已石化了。

我苦笑了一下。每个小孩，也有近六十斤，三十多个，一共一千八百多斤。这可是个体力活。我抱起一个手里还抓着玩具汽车的小男孩，扛在肩上，准备走出这间地下室。

"你不能带走他们。"

我看到从墙上一个隐藏得很好的门里走出一个人来。听声音,那是个女子,身上还穿着厚重的防护服。

我站住了:"还有人?你刚才为什么不出来?"

她盯着我隐藏在面具后的脸,像要看透我脸上的卑鄙和无耻。她慢慢地回答说:"你是乌鸦?"

我不由苦笑。"乌鸦"是一般人对我们的俚称,因为我们的防护衣是黑色而不是一般的白色,而做的事也像报丧的乌鸦一样。

"算是吧。"

"你要把他们带走?"

我看看手里抱着的那个像个大玩偶一样的石像,道:"这可不是工艺品。"

"你要把他们烧掉?"

"你有什么更好的办法吗?请与紧急应变司联系,电话是 010-8894……"

"我不是与你说这些,"她有点恼怒地说,"你不能带走他们。"

"小姐,"我说,"请你不要感情用事。古人说壮士断腕,也是这个道理。他们已经没有生命,如同一颗定时炸弹一样危险，你把他们藏在这儿，能够保证你自己不会染上吗？”

她愤怒地说：“不对，他们没有死。”

我有点好笑。这种感情至上主义者我也碰到过不少，如果由着他们乱来，人类的灭绝那早就指日可待了。我说：“一个人已经成为石像了，你说他没有死？”

她说：“是。他们并没有死，只不过成为另一个形式的生命。就像我们人类的身体里，纤维素极少，但不能由此说绝大部分是纤维素构成的植物不是生命一样。”

我有点生气了。她真如此不可理喻吗？尽管政府告诉我们，如果遇上人无理取闹，可以采用极端手段，但我实在不想拔出枪来。我耐下性子，努力让自己温和地说：“小姐，你说他们有生命，那他们有生命运动吗？植物不会动，可还会生长。”

她说：“他们会动，只不过他们成为这种形式的生命，时间观念与我们不同了。我们的一秒钟，对他们来说可能是一天，一个月，一年。但不能因为他们动得缓慢，我们就剥夺他们的生存权利。”

我笑了：“小姐，科学家们早就证明了，人一旦石化，就不再有生命了，和公园里那些艺术品没什么不同。小姐，你想成为罗浮宫里的收藏品，机会有的是。”

她尖叫着：“他们骗人！”她拉着我的手，说：“来，我给你看证据。”

透过厚厚的手套，我感到她的手柔软，却又有些坚硬。我吃了一惊，说：“你已经感染了？”

她苦笑了一下：“是，已经有些日子了。根据一般人的感染速度，我大概还能活上五天，所以我一定要你来看看。”

她给我看的是那个坐在痰盂上的小女孩。这小女孩脸上带着一种奇怪的表情，我也并不陌生。每一个人大便后都是这样的，不论年纪大小。然而她的手提着裙子，屁股却不是坐在痰盂上的。

她说：“这个孩子已经石化两年了。两年前，在她还没完全石化时，是坐在痰盂上的，可今天她却成了这个样子。你说她想干什么？”

我说：“天啊，她想站起来！”

她没有看我，只是说：“是。她知道自己拉完了，该站起来了。只不过时间对于她来说慢了很多，在她思想中，可能这两年不过是她坐在痰盂上的一小会儿，她甚至不知道到底发生了什么事。我们的动作对于她来说太快了，快得什么也看不到。你把她扔到焚尸炉里，她被焚烧时的痛苦甚至还来不及从神经末梢传到大脑就已经成为沙子了。你说，你是不是在杀人？”

我只觉头有点晕。根据统计，我一天大约焚烧二百个人。照这样计算，两年来，七百多天，我是杀了十四万个人了？

也许她在说谎？然而我不太相信。因为石化不是快如闪电，从能运动到不能运动的临界时间，大约是三十分钟。我见过不少人在这三十分钟里强行运动而使本来的皮肤皲裂的例子，有些收来的石化后的尸体皮肤几乎像鱼鳞一样。也就是说，这小女孩不可能在三十分钟里保持撅着屁股的姿势一动不动的，不然她的皮肤一定会裂开。然而现在她的皮肤光滑无瑕，几乎可以当镜子照。

可是，要我相信一个变成石头的人还能动，还能思想，而思想比血肉之躯时慢上千百万倍，这难以让我想象。我不是知识分子，不会相信别人口头的话，即使那非常可信，非常诱人。我也只相信我看到的。

我的手摸向枪套。对于不想理解的事，枪声是最好的回答。

我的手摸着枪把，却没有拔出来。那支枪像有千钧重量，我的手只是按在枪套上，没有再动。

我看到了她的眼睛。她的眼神在防护面具后面是一种怜悯和不屈，仿佛我只是一只肮脏的爬虫。

我移开了目光，道:“把你的防护衣脱下来，你已没有资格穿了。”

第二天上午，我在一个兵营里收到了一大堆士兵。在回去时，我到那个幼儿园里转了转。

她正在晾晒衣服。现在她不在躲闪，也许没这个必要了吧。阳光很好，她在晾晒衣服时，仿佛什么事都没有发生过。

我把车停在门口，在边上抓了一包食物，向她走去。

她看见了我，停下手里的动作。我站在她身边，把那包食物递过去。

“你来做什么？”她的目光还是不太友好。

“你没有粮食配给，我给你拿来一些。”

粮食配给也是紧急应变司的一项措施。由于植物与动物一样，同样会石化，因此食物极为稀少，每个正常人每月只有十八千克的食品。像我们这一类乌鸦，由于没人肯干，因此每月要多十千克。感染者立即停止配给食物，让他们自生自灭。

她看着我："是怜悯？"

我也看了看她，但很快不敢面对她的目光："是尊重。"

她道："如果你真这么想，我只希望你答应我一件事。"

"什么？"

"当我石化以后，不要把那些孩子烧掉。"

我抬起眼，看着她眼里的期待，实在不忍心告诉她真话。我垂下眼睑，道："好的，我答应你。"

我无法告诉她，我的任务就是收集已经石化的人体，然后烧掉，不论他们是不是成为另一种生命形式，是不是还有感觉。然而我只能说些这种话，让她在剩下的时间里得到一点不切实际的安慰吧。

我不知道我在做什么，把自己宝贵的食物给她，那也许是太蠢了。可是我总觉得我应该这么做。不能要求我成为殉道者，那么我只能做一个旁观者。

几天来，我每天都在搬运那些士兵。那个军营里剩下的士兵依然有着铁一样的纪律，被感染的和正常人隔离开来，分成两组。感染者每次都帮我搬那些以前的同袍，一言不发，过几天，他们自己也会成为这样的石像了。每次，我也一言不发，只是机械地搬着，每次临走时，感染者里一位军官过来点一下数目，然后他在手上的一份花名册上勾掉一些名字。这大概是他的职责，尽管已经毫无意义。

那些名字，几天前还是一些平平常常的士兵，每个人都有不同的性格，不同的样子，马上就会变成一大堆细沙，分也分不开了。

未感染者一向远远地在另一幢楼里看着我们。有时，从那里就会出来几个人，进入感染者行列。军营宿舍没有我的住处那么完善的消毒设施，传染率很高。

我扛着一个大个子的士兵。他成为石像后足有两百斤，我一个人当然扛不动，一个年轻的士兵帮我抬着他搬上卡车。

把那石像放上车，那年轻的士兵忽然小声说："老五，永别了。"

那是句可笑的话，可是我没有笑，只是说："是你好朋友吧？”

他抬起头看着我，眼里含着泪水：“是的。”

“每个人都会有这一天的，早晚而已。”

我努力让自己的语气平淡。尽管那是句真话，可是我也知道那说服不了什么。

回去时，我又去了一次那个幼儿园。几天没来，她的衣服还晾在外面，大概她已不能运动了。我走到楼下，她正站在门口，张开了手，像不让我进去。但她已经是个石像，就算她有意识，她也不知道我做了什么。也许当她意识到我违背了诺言时，她早已成了灰尘。

我把她挪到一边，从里面把那些小石像一个个抱出来。当我最后去抱她时，看到她眼里，净是对我的痛恨与不屑。我不敢去面对她，只是把她小心地抱上卡车。以前我可是动作很粗野，不时有人在被我搬动时弄断了手臂或脚，然而这一回我像搬一件一碰就碎的细瓷器一样，先在地上放了几件她的旧衣服，让她小心地躺在上面，然后，我在幼儿园门口钉上了一块白色的牌子。

回到我的住处，我把那些小孩卸下车后，没有把他们烧掉，只是有点羞愧吧。我把她竖在我住处的门口。

在满地从焚尸炉里飞出来的白灰中，她伸开了双手，站在我门口，那张开的臂弯仿佛在期待，但更像在遮挡什么。她的外表光滑至极，衣服也有点破了，但并不给人不庄重的感觉。然而她的目光，那目光里充满了厌恶。

眼睛石化得很晚，人石化后，即使无法动弹了，但眼睛有时还能转动。不过，她再过一两天就完全石化了。我有点羞愧，觉得自己实在不是个好人，在她成为石像后，我还要把她变成一件装饰品。那些小孩，还是等她完全石化后再烧吧。

我把收来的另外十几个石像拖到了焚尸炉。在我把他们扔进炉膛，听到了一声凄惨的呼叫。也许，那个叫的人就是那个老五吧。然而，我没有像以前那样感到快慰，心头只是一阵抽搐。

即使石化后没有生命，但此时他们总还活着，只是身体不如尚未感染者那么柔软。我们有什么权利剥求他们生存的权利？

我心情沉重地回到住所。地上，那些孩子横七竖八地躺了一地，我小心地绕开他们，走到屋内。

第二天，我又去了那军营。

一进军营，我听到里面一阵混乱，一些感染者站在军营门口，那个军官正向里喊着什么。

我把车停在操场上，跳下车。

“出什么事了？”

我问边上一个士兵。他看看我，淡淡地说：“有个人不肯把他朋友抬出来，说死也要死在里面。”

我走过去，那军官还在高声道：“董成飞，我命令你马上出来！”

里面有个人大叫道：“你们谁也不准进来，告诉你们，我的枪已经上膛了！谁敢进来，我打死谁！”

我走到那幢楼门口，道：“我进去吧。”

那军官看了看我，道：“他手里有枪。”

我苦笑了一下。枪算什么？昨天我刚说过，每个人都会有这一天，只不过是早晚的区别。我只是道：“没关系，如果我出不来，你们向紧急应变司汇报一下。”

他像看一个怪物一样看着我，好像我是个危险分子。我绕过他，走了进去。

军营的宿舍和外面不同，即使是现在这种时候，还是很干净。有个士兵手里抱了支自动步枪站在一间宿舍门口，一见我过来，马上对准我，叫道："不准过来！你过来我就开枪！"

我停住了，抬起头道："对不起，这是我的工作。"

"我不管你有什么工作，我不准你带走他！"

透过面具，我看见那个士兵。他的脸上还满是青春痘，但这些青春痘实在很是种讽刺了，如果没被烧掉，他将会变成一个满脸都是小痘的石像，如果有谁不知情，还会斥责那是件自然主义的作品吧。

我踏前一步，道："你有父母吗？"

枪口垂下一些，似乎我的话打中了他的要害。我站在第一级阶梯上，道："不论你的父母还在不在，现在毕竟还有很多人幸存下来了，你这么做，对他们却会成为一个威胁。不管你感情上受不受得了，你的朋友都必须处理掉。否则，可能会有更多孩子失去父母。"

他的枪口垂向地面。

我又走上了一步。他像从梦中突然惊醒一样，猛地抬起枪对准我，叫道："我不管！我不准你把玉生带走！"

我又踏上一级台阶，道："每个人都会有这一天，不过是时间的早晚和方式的不同而已。如果你要开枪，我不会怪你。可是，你又能保护他几天？"

这话像是给了他最后一击，他颓然坐倒，枪也丢在了一边。我走到他身边，捡起他的枪，道："别太冲动了，活一天和活一百年，又能有什么本质不同？"

那军官已带了几个人走了上来。我把枪交给他，他喝道："董成飞，你太没有组织纪律性了。来人，把他关两天禁闭，所有枪支都立刻上缴封存，以后不得由自己保管。"

我看着那个士兵被两个人挟着走了，心头却只觉空荡荡一片。

尽管我嘴上似乎把生死看得很淡，可是，我还是有些害怕。

我想起了那个女子。活一天和活一百年没什么本质区别，可我与那个易冲动的士兵又能有什么不同？

那军官帮我把那个石像抬上车，他又掏出那本花名册，在上面划掉一个名字，然后交给边上一个士兵道："一班长，过两天得由你登记了。"

我看了看他，没再说什么。

回去的路上，遇上了安检员，他十分赞许地给我的积分卡上加了一颗星。我现在是四星级，再加一颗星，就可以进入紧急应变司，成为安检员了。安检员告诉我，目前全球未感染者人数只剩了五十几万，但由于措施得力，有几个地区已不再发现感染者。看来，彻底扑灭这场瘟疫不是不可能。

好消息如此，但他也告诉了我一个坏消息，全球做我这种乌鸦的，一共有一万多人，平均每月有十几个自杀。

好消息和坏消息都让我心情沉重。

我把收回来的几十个人扔进焚尸炉。也许，她对我说，他们仍有生命，我口头上虽不信，但心底却也有点动摇了吧，在把那些石像扔进去时，我只觉得自己好像是个刽子手。

回到住所，进门时，我看到她的目光。她的目光已经改变。

也许是我的错觉，但我发现她眼里不再是那种厌恶和受欺骗的眼神——如果石像也有眼神的话。

是因为我没有把那些小孩烧掉吗？

我看看地上一堆横七竖八的小石像，那个小女孩还提着裙子，但人却躺在地上，十分可笑。我把那些石像一个个放好，按我记忆中的样子，把他们一个个恢复原来的样子。尽管没有痰盂，但由于重心的缘故，这小女孩也能撅着屁股站着。

我放好孩子，走到她面前，慢慢地说："如果你还能听到的话，你也该知道，我遵守了诺言。"

她当然没有反应。

我进了屋，在消毒室里让强烈的紫外线照射到我身上。

生命是什么？那么脆弱。石头比我这种血肉之躯坚固多了，然而如果他们还有生命，他们却只是一堆可以让我随意消灭的沉重的垃圾而已。

可是，我有权利这么做吗？

二十三天。

现在能收到的石像越来越少，我每天只能收上十几个了。如果我是在杀人，那每天杀一个和每天杀两百个也没什么本质的不同。

再一次遇上安检员，是在三十天后。他这一次是特意等我的。奇怪的是，他不敢来我的住所找我。也许，他也是从乌鸦做上来的，那个地方让他不安吧。

"恭喜你。"他一见我便向我伸出手。隔着厚厚的手套,我也感到他肌肉的柔软。

“恭喜你,经过讨论,一致同意你成为安检员。你做得很好,这一带已经大致扑灭了瘟疫。”

如果是一个月前听到这消息,我会很高兴。然而此时我并不怎么兴奋。

“是吗?谢谢。”

“明天,我带你去紧急应变司总部。”

紧急应变司总部位于北方一座城市。本来有上千万人口的大城市,现在只剩了不到几千人。

总部大楼被一个巨大的透明罩子罩住,与外界彻底隔开。那是层离子化的空气。要维持这个罩子,每天都要消耗以前储存下来的大量能源。我和安检员经过严格的消毒,终于进入内部。

总部占地大约有两百万平方米,相当于一个小镇的大小了。里面不需要穿防护衣,因此每个人都带着一股优越感。也难怪,那些人本来就大都是国家上层机构的人物。

我被带到几个地方看了看。人们安居乐业,食物充足,和没有发生瘟疫时没什么不同。

“目前,这里周围两百平方公里内已没有再发现过那种病毒。预计再过五个月,就可以撤除防护罩了。”

我看见在大道街心的广场上竖着一个女子的石像。那是几年前红极一时的影星,但她早就石化了,而且是第一批。据说就是她从国外染回的病毒。

这石像却雕得极其精细,栩栩如生。

“这里也有她的影迷?”我有点好奇地问。

“是,司长很喜欢她的电影。”

我走上前,仔细地看了看,不由笑了:“怎么不把衣服雕出来,却要给石像穿衣服?多浪费,为了更有真实感?”

“这本来就是她变成的。总不能让她光着身子站在路口吧。”

我吃了一惊:“那不会有病毒吧?”

“没关系,据严格检查,石化后七个月,体内就不存在病毒了。她放在这儿足有一年。”

我有点讪讪地一笑:“看样子,我们做的事,其实都是无用功?只需隔离,也可以消灭病毒。”

“那可不一样,你们把刚石化的都焚烧掉,在很大程度上控制了病毒的扩散,你们为人类做出了很大的贡献。好,下面我带你去参观这里的食品加工基地。”

我跟着他去看食品加工基地。那是紧急应变司的中心,因为外面的食品不免会被污染,只有这里,与外界完全隔离,可以放心。目前,所有正常人的食品配给都是来自于这里,通过无重力通道发送给各地的。

走马观花地看了一圈,他和我又来到广场上。坐在喷水池边,他小声说:“下午司长要接见你,和你面谈,你要顺着他的意思说话。”

“为什么?”

“目前,司长具有至高无上的权力,我们谁也不能违背他的意愿。”

“他会说什么?”

“他说的话,你可能会无法接受,但你一定要忍耐。你能有这个机会很不容易,你要珍惜。”

我脑中一闪,道:“你是不是说,那些石化了的人,仍然有生命?”

他的脸色变了:“谁告诉你的?”

我的脸色也一定变了:“这难道是真的?”

他没有回答我:“是谁告诉你的?这是一级机密。”

我的声音有点大:“那是真的了?”

他看着我，我逼视着他，他不敢再面对我，垂下眼睑，道："是。你说话轻一点，这儿有不少人。"

我站起来，指着那个竖着的女明星说："事实上，她也仍然是活的，只是动作、思想远比我们慢而已？"

他也站了起来，"是的，"他慢慢地，小声地说，"一年前我见她的手还是举过肩的，现在却已在肩头以下了，脚的位置也发生了变化。"

"所以说，我这两年来，是在杀人？"

"不用说得这么难听，"他说，"老鼠也是生命，可你以前抓到老鼠会毫不犹豫地浸死它们。"

"他们不是老鼠，是人！"

他突然坚毅地说："不对，他们不再是人了。他们既然成为另一种形式的生命，那就是一种异类，当他们威胁到我们时，我们有权消灭他们。"

"有权？"我的喉咙里发出了干笑。我想起那个女子的话。权力是什么？无非是无耻的代名词。在权力中，我只是这部绞肉机中的一颗小螺丝而已。即使我反抗，只能是让机器的所有者换掉一个小小的、微不足道的零件而已。

我说："我要求放弃成为安检员的资格。"

他吃惊地看着我："你疯了？你知不知道，乌鸦尽管感染的机会少一些，可每年还会有近一百个感染。只有安检员……"

"谢谢你的好意，只是我想我还有一点多余的，叫作'良心'的东西吧。"

他看着我，把手搭在我肩上，说："我知道，我也是从乌鸦做上来的。只是，可能每个人看问题的角度都会不同，你再考虑一下吧。"

我把他的手拿下来，说："不必了，我想过了许多。"

"不，你还是很感情用事。下一批的安检员资格申请是三个月后，希望你到时能回心转意。"他离开了我，走了几步，他又回头说，"你知道吧，鸡蛋去碰石头，毫无意义。你再想想吧。"

我看着他渐渐地走向消毒室，心头有点冲动地想叫住他，告诉他我是有点意气用事了。

然而我没有。

回到住处，天色晚了。没有那么多人世的喧嚣，天空倒显得更清朗些，夕阳把我的影子投在地上的白灰间，显得异样的清晰。

我走进住处时，看到她的目光已经显得很温柔，我不由苦笑。我是为了一个不值钱的信念放弃了一次好机会吗？没那么高尚。我到此时，才明白我那些自杀的同僚才真正伟大。

在这个时代，我们无法让自己做到对一切都无愧于心。

第二天，我把车开出去。绕过一个街口，我突然听到在一家废弃的商店里有人在哭喊。我停住，跳下车向里走去。

有两个不穿防护衣的大汉在地上压住了一个穿防护衣的人。这人听声音是个女人。

我拔出枪，说："住手！"

一个大汉抬起头，呵呵地干笑了几声，道："是个乌鸦啊，没你的事，快走开吧。哥们儿没几天活头了，你就让哥们儿乐一乐。"

我看着地上那个人。那是个三十多岁的女子，在这种时候，她头上还有戴着首饰。我把枪扬了扬，喝道："快走开。你既然知道没多久可以活了，就更不应该害人。"

他从腰上抽出了一把刀，冷笑道："臭乌鸦还会讲大道理。要是信你这一套,老子也不会变成今天这样子了。让开,你要有种的话就朝老子身上开枪。”

我拉下保险。如果是几个月前,我会毫不犹豫地开枪,但此时我却没有。我犹豫了。

他猛地把刀掷了过来,我一闪,刀擦着我的手臂飞过,扎在身后的墙上。我不等他再扑上来,手指扣动了扳机。

随着一声枪响,他的身体跳了跳,姿势十分优美地倒了下来,血像一条小蛇,从他身上流出来,淌在地上。

另一个人跳了起来。他的眼神却没那么狂妄,带着种乞怜和忧郁。我扬了扬枪,道:“快走,走得越远越好。”

那女人从地上爬起来,毫无用处地掩着已经破损的防护衣,在那人身上踢打着,一边哭叫:“快开枪,杀了他!杀了他!”那人只是木木地站着,一脸的愚蠢和无辜,好像她的拳脚全打在一块石头上。

我拉开她,对那男子说:“你快走,真要我开枪吗?”

他转身向外跑去。那女人转过身,开始踢打我,嘴里叫着:“你为什么放了他?你知道我爸爸以前是省长吗?”

我推开她，道：“小姐，把你的防护衣脱下来，你已没有资格穿它了。”

她哭喊道：“我没资格，你有资格吗？”

这时我才意识到，刚才那一刀划破了我的防护衣，我的手臂上有了条血痕。尽管这点伤本身根本无关紧要，然而我知道已经有成千上万个病毒涌入了伤口。我开始脱下防护衣，说：“是，你说得对。”

她几乎吓傻了。我脱下防护衣，只觉得轻松了不少。扭头，对着呆呆站着的她说：“现在，请把你的防护衣脱下来。”

回到住处，我没有再进房里。现在，里面那种严格的消毒设施对我已毫无意义。由于是从伤口进入，感染速度很快，我的伤口周围已经有些坚硬了。我和衣躺在地上，看着星空。

许久没有见过星空了，闪烁的繁星那么美丽。从亘古以来，它们就存在着，也许，也有星球上有过生命，也曾有过种种悲欢离合吧。

我也有点想苦笑。也只有这时，我才能看一眼星空。人的一生能有多少？在沧海中，一粒粟米与须弥山都没什么不同，而在无垠的宇宙里，沧海又算什么？夜郎自大。哈哈，夜郎不大，但汉就有权利取笑别人吗？

我睡在温暖的灰中。那些灰，仿佛也还有着生命，在空气中浮动，落下，像大片的萤火。

月光温柔，她的眼波也似流动。然而我没有做梦。

安检员来的时候，我还没醒，并不知道。

他给我留下一大包食物，足够我吃两个月了。只是，他在我的住处钉了块红标牌。

每天，我仍然四处收集石像，把他们烧掉。生命总是不同的，即使对我自身没什么意义，但我必须完成自己的工作。

然而我已经决定，绝不烧掉她。

我已经无法移动。那病毒已经大规模代谢，使得我的身体迅速石化。尽管我的眼睛还保留着视觉，但我不知道如果我全身彻底石化，还能不能看到？

如果我强行移动，还是可以移动的。在石化的皮肤下，肌肉依然保持了一定的活力与弹性，足以移动身体。但如此一来，势必要造成皮肤皲裂。当然，这并不疼痛，尽管会惨不忍睹，但神经末梢早已经石化，无法传送痛觉了。不，还是能传送痛觉的，但那可能要很久很久，一年、两年，或者，一百年、一千年之久吧。

我不想让我的身体千疮百孔，我只是努力而又小心地挪动我的双脚，努力把我的身体向前移动，每一天能移动多少？一微米？一纳米？这一米多的距离对我来说，恍若天涯，然而在一千年抑或两千年后，我的手会揽住她的腰，我的嘴唇也会接触到她的嘴唇。

我静静地等候。

"同学们，"教授在台上说，"你们大约也在前几节课上读到过，六千年前是人类文明的萌芽时期。以前一直认为这个时期人类的文明还是很初级的，可能只会用火，但最近发掘出来的两个雕塑可能会颠覆我们所有的陈旧观念。"

他拉开了讲台前一块白布，两个雕塑出现在学生们面前。

"你们也看到了，这两个雕塑栩栩如生，尽管有过于写实的毛病，表情的刻画也有点错误，这男子过于炽烈而女子过于冷漠，但大家可以看到，人体的比例掌握得相当好,几乎可以写生用。”

他开了句玩笑后，说:“艺术上的问题不是我们要研究的,这堂课我要讲的是当时的工艺水平。以前我们认为当时不可能生产铁器，但有一点可能证明我们错了,因为没有铁器是做不到这一点的。请看,”他从讲台上拿起一张纸,放在两个人像的脸之间,“请注意,他们嘴唇之间的距离,大约只有两毫米！”

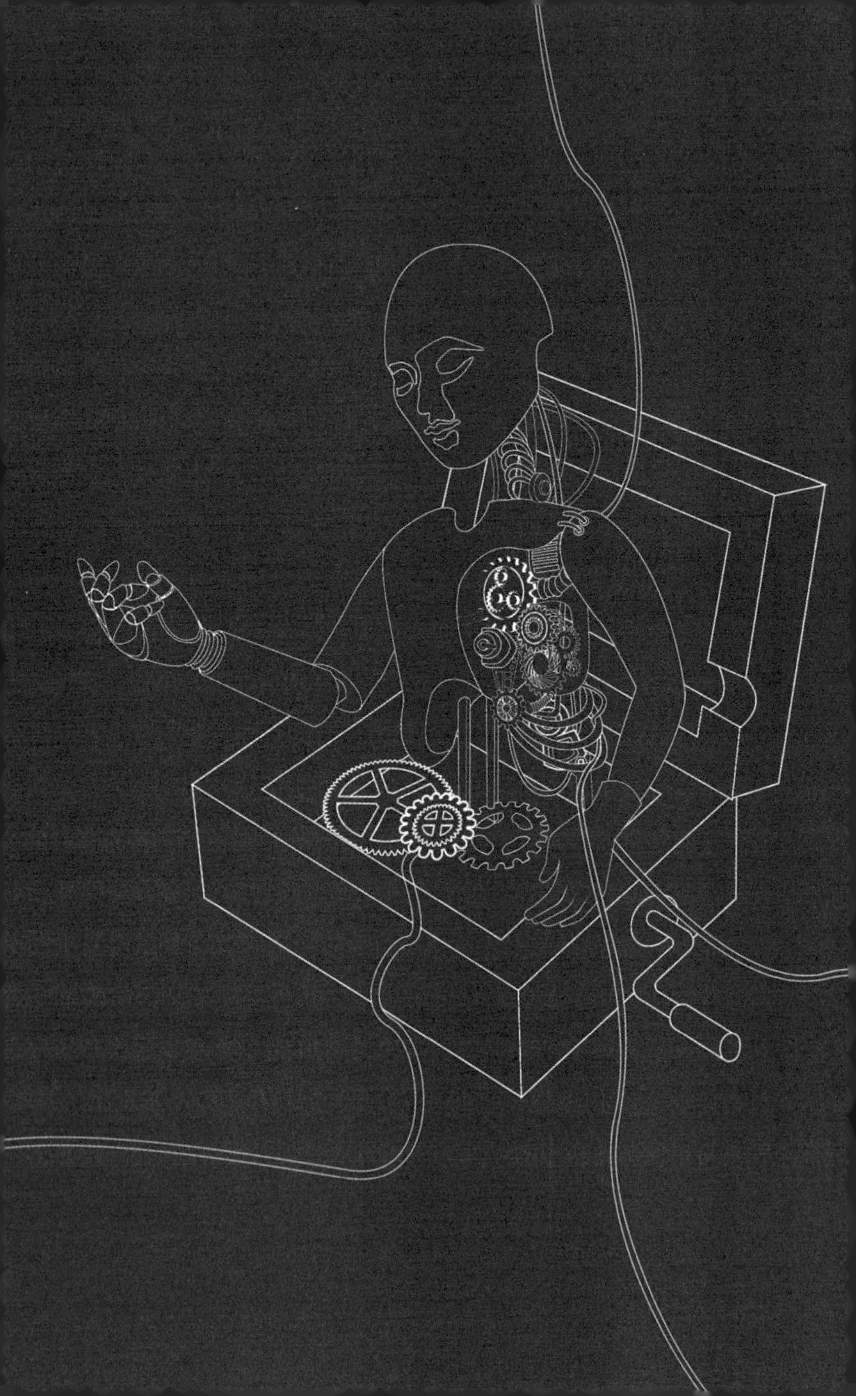

礼物

她就是我的所有，安妮·洛丽

为了她我愿将一切放弃

—— 苏格兰民歌《安妮·洛丽》

“妈妈，我还可以再看一会儿卡通片吗？”

听到安妮的声音，斯坦芬妮的手抖了一下，那只杯子差点掉在地上。她连忙把杯子握得紧了些，回过头。安妮穿着睡衣，正站在卧室门口看着她。她说：“不可以，马上就要灯火管制了，快睡觉吧。”

“可是爸爸还没回来。”安妮显然有点不高兴。

斯坦芬妮把杯子放到柜子里，尽量用平静的语调说道：“爸爸马上就要回来。如果他回来时你还没有睡觉，他会很生气的。”

听到爸爸会生气，安妮不再坚持了，低着头道：“是。”

斯坦芬妮走过去抱起她，柔声道：“小乖乖，早点睡吧。”

安妮在斯坦芬妮的脸上亲了一下，让妈妈把她抱上了床。当斯坦芬妮给她盖好被子要出去时，她突然小声道：“妈妈，明天爸爸会给我礼物吗？”

“会的。”斯坦芬妮没有回头，拉灭了灯走了出去。掩上门时，她突然觉得浑身都失去了力量，只能靠在门框上才让自己不坐倒在地。

应该不是人造器官老化的缘故。她想着。虽然全身有百分之六十二都是人造的，但人造肺和人造肾的技术十分完善，完全可以使用三年以上；左腿的腿骨和右臂的腕骨即使换上的虽不是钛合金之类的高级材料，制造商也宣称高强度塑料骨骼可以无障使用五年以上，而这一年来自己也没有什么超过负荷的体力活动，那段人造骨骼起码总还有四年寿命。但她还是觉得身上发冷，身体就像一只破了的袋子一样，力量在一点一滴地流走。她看了看柜子里的杯子，又喘息了两下，这才过去把电视机关掉。

“国事委员会提醒全国公民：根据狄奥皮鲁将军第三号指令，最后申报期限为2132年12月31日。请无机成分超过百分之五十的公民于2133年1月1日前在就近登记点登记立案……”

电视里的怀旧卡通画面突然被切换成一个端庄而俏丽的黑人女播音员，她正面带微笑地播送着这条通知。这条通知每到整点就会播出一次，几乎无处不在，超市、加油站、停车场,凡是有人的地方都会有,她已经听了不下几百遍,完全可以不差一个单词地背出来,可是现在这几句话却像一些熔化的铅水一样灌入她的耳朵,沉重而灼热。她张了张口,喃喃地跟着黑人女播音员念着:"……否则将纳入失踪人口, 您的社会福利卡号也将被删除,并将受到法律制裁。"

删除社会福利卡号的后果就是无法领取救济面包,以后只能在黑市上去购买粮食了。更可怕的,安妮会因为自己的缘故,得不到义务教育,无法享受医疗保险,直到她成年后也无法找到一份体面的工作。斯坦芬妮不由得打了个寒战,不敢再去想象这样可怕的前景。至于自己要受法律制裁,她倒没有想过。这个多灾多难的国家原本是个富裕而安宁的地方。十几年前,由于当时的总统在大选中涉嫌舞弊,使得全国动荡。开始是在野党组织示威游行,依惯例政府派正规军镇压,造成流血事件后引起更大的骚乱, 于是打着各种旗号的地方武装相继出现,内战愈演愈烈。

诸如此类, 与当初在中学历史课本里学到的别无二致,只不过这一场内战持续了十年。斯坦芬妮叹了口气,关掉了电视,站到窗前看着外面的街。已经到了灯火管制时间,街灯正一盏盏熄灭,空荡荡的长街上也见不到几个行人。用不了半小时，这里就会变得死寂一片,一如沙漠。

她叹了口气。汤姆说过他会很快回来的,看来又成了一句空话。只是她也习惯了，在这个时代还能相信谁？能信的也只有小安妮了吧。可即使是安妮,她也不知道能相信她多久。等安妮渐渐长大,胸脯像花苞一样膨胀起来时，一样也不能相信了吧。其实不要说某个人,就是现在这个政府,可信度还剩下多少？当狄奥西鲁将军还是上校的时候,他提出的口号就是“一切权力归于人民”,“造福大众”这几个字喊得比谁都响。可是当他夺取了政权后仅仅几年，那些话就如同雨中的布告一样,已经渐渐消失了痕迹。

斯坦芬妮不禁苦笑起来。她拉上窗帘,从抽屉里摸出一支蜡烛点燃了。烛火跳动着,屋子里却显然越发阴冷。再过两个多月,自己连“人民”这个称号都要失去了吧。

持续了十年的战争使得这个国家千疮百孔，但人造器官的发明却又使死亡率一直维持在一个相对较低的水平线上。不过,即使是体现了现代医疗最高水平的最高级的人造器官，仍然不能与真正的人体器官相提并论，所以器官买卖在黑市中一直屡禁不止，而人造器官的应用更显得泛滥。三号令的颁布，据说是专家鉴于国内领取救济金的人员过多，因为身体中有超过百分之二十的人造器官后，就基本上失去了劳动能力。按照旧时法律，这些人可以获得救济金。狄奥西鲁将军的政府成立以来，一直为这笔开支苦恼，专家不失时机地进言说正是这条法律助长了器官黑市交易，使得出卖器官成了一桩有利可图的生意，所以必须对全国人口进行一次彻底清理，杜绝此项弊端。除了因功获得荣誉芯片者，其余身体组成部分超过百分之六十者都将被取消公民权，这样那些刁民就不会再钻法律的空子，一方面出卖器官以助长黑市交易，另一方面又不劳而获，享受救济补贴了。这条建议立刻得到苦于国家开支过大的狄奥西鲁将军的赞同，并以极高的效率付诸实施。

看着烛火，斯坦芬妮的嘴角爬上一丝苦涩的笑意。

门铃突然响了。斯坦芬妮走到门前，可视门铃里映出的是一个披着大衣的男人身影。

是汤姆回来了。她一直都在等着，可是真的看到汤姆的身影时，她又不禁犹豫了一下。

“快开门啊，”汤姆在楼下跺着脚，“外面好冷。”

她打开了门。楼道上响起“咚咚”的脚步声，汤姆的身影出现在了门口。他还没进门，就从怀里摸出一个大大的纸盒，向斯坦芬妮扬了扬，笑着说：“斯坦芬妮，看我带了什么回来。是给安妮的生日礼物。”

那是个很大的芭比娃娃，包装得十分精美。可是斯坦芬妮一下子停住了呼吸，这个昂贵的玩具几乎比得上她一家几周的家用！一想到这，便又激起了她的怒火，斯坦芬妮几乎要控制不住自己。她深深吸了口气，让自己尽量平静下来，不至于失态。

“这个娃娃可真是贵，小安妮一定喜欢。”他掩上门，把大衣脱了小心地搭在椅背上，翻来覆去地看着手中的玩具。盒子里，芭比正带着甜美的笑容，隔着一层玻璃纸看着他。斯坦芬妮定定神，从橱里拿出那个杯子，平静地说：“是的，她一定会很喜欢的。”

“怎么了？你好像不太高兴。”

她哼了一声：“你这样花钱，明天该怎么办？”

他仍然笑眯眯地看着那个娃娃：“你和小安妮两个人的生日一年也就这一次嘛，明天的事，明天再说吧。”

他还记得自己的生日！斯坦芬妮正拿出酒瓶，这句话让她不由怔了怔。她倒了大半杯酒，道："是啊，明天就没事了。"

汤姆看到她手里的酒瓶，把那个芭比娃娃在一边一放，乐呵呵地道："哈，你还准备了威士忌，那种番薯酒可真喝得够呛。斯坦芬妮，别想那么多，你也喝一杯吧。"

她像被针刺了一下，道："不，我不喝，你喝吧。"

他把那杯威士忌一饮而尽，在椅子上伸长了身体道："斯坦芬妮，别怪我，为了给你们准备礼物，我都好几个月没喝酒了。不过你也不用急，存款撑过这个月还有得多，怕什么。"

还有得多？她想要苦笑。存款已经没有了，不过这件事当然不能告诉他，否则自己一定又要挨一顿揍。

也许是喝到了好酒后心情也好了许多，汤姆将身体靠在椅背上，轻轻哼唱起来："在马克设威尔顿的山坡上，……"

他的声音并不如何动听，有些沙哑。但斯坦芬妮像被毒蛇咬了一样，伸手在桌上重重一拍，厉声道："别唱了！"

汤姆停住了哼唱，惊愕地看着她："怎么了？"斯坦芬妮这才醒悟到自己的失态。她掩饰地说:“没什么。来,再喝一杯吧。”

他想了想,举起杯子道:“好吧,再来一杯。这酒劲头可真不小,我都有点晕了,嘿嘿。那支歌,《安妮·洛丽》,你忘了吗?”

在马克设威尔顿的山坡上
清晨的露水流淌
那里住着安妮·洛丽
她给我真诚的诺言
她给我真诚的诺言
我永远都不会忘记
她就是我的所有,安妮·洛丽
为了她我愿将一切放弃

怎么会忘?这支苏格兰民歌是当初她最喜爱的歌。那是她十七岁生日的那天,在树林里,汤姆羞怯地拿出一个非常精美的八音盒。八音盒里发出的就是这支歌,也正是在歌声里,她给了汤姆自己的初吻。

想到那个八音盒,斯坦芬妮觉得自己的眼眶又有些湿润,许久没有的泪水仿佛又要流出来。为了掩饰,她低下头,又在汤姆面前的杯子里倒满了酒,道:“早忘了。”

汤姆没再说什么。他把酒放到嘴边,刚要喝时突然又放下,道:“斯坦芬妮,其实我给你也准备了一个礼物。”他顿了顿,叹道:“我也没什么送给你……”

大概是一瓶酒吧。她有些厌恶地想着,打断他的话道:“明天再给我吧,明天才是我的生日。”

“对,对,”他又把酒一饮而尽。放下杯子,打了个酒嗝儿,他有点迷糊地说道:“斯坦芬妮,我想过了,这些年我对你也真不太好。”

这个暴躁的男人难得的温情仿佛触动了她心里最柔软的一块,斯坦芬妮差点要落下泪来。她长长地吸了口气,道:“还要说这些干什么,也没几年。”

“是啊,”他的眼睛已经快要睁不开了,“其实……”

还没来得及说出其实什么,他一下趴在了桌上,杯子也被震得“砰”地跳了一下。

“汤姆。”

斯坦芬妮试探着叫了他一下,他趴在桌上纹丝不动。她试了试汤姆的鼻息,这才舒了口气,站起身来走到门边拿起了电话。在将要拨号时，她又犹豫了一下，回头看了看睡死过去的汤姆。这个男人看上去虽然块头不大，其实浑身上下有百分之八十三的机械部分，而且全部是那些笨重而质量优异的军用人造器官，除了大脑、胆囊和皮肤，就和一个机器人没什么两样。本来她还有点担心涂在杯子里的麻醉药不足以让汤姆失去知觉，但显然自己是过虑了，当麻醉药随着酒精进入他的血液后，对脑神经的影响却和拥有百分之百肉体的人完全一样。她不再多想，伸手拨通了那个号码。

电话很快就有人接了。老化的屏幕上出现了一个穿着过于讲究的矮个子秃顶男人，他坐在办公桌前，两脚搁在桌面上懒洋洋地说着："哈啰。"

那是桑德斯，一个黑市医生。斯坦芬妮又深吸一口气，道："桑德斯医生吗？我是跟您预约过的斯坦芬妮。"

桑德斯一下来了精神，坐端正了道："在下正是桑德斯。您就是预约九点的那位尊贵的斯坦芬妮·泰勒女士吗？"

这个称呼几乎从来没有听到过。斯坦芬妮定了定神，道："是我。现在您可以过来吗？"

桑德斯取出一个记事本翻了翻，道："弗拉门戈大街七幢九〇三,是吧？我立刻过来。”

斯坦芬妮看了看伏在桌上的汤姆,放低了声音道：“已经晚了,你能够尽快赶来吗？”

“OK,当然可以,十分钟之内赶到。”

桑德斯没有吹牛。仅仅过了五分钟,斯坦芬妮就在可视门铃上看到一辆车无声地停在了楼前。又过了一分钟,穿了一件黑色的外套,戴着一个颇不合时宜的大礼帽的桑德斯拎着一个皮箱出现在了门口。一进门,桑德斯就摘下礼帽,近乎夸张地行了个礼,小声道:“尊贵的斯坦芬妮·泰勒女士,在下桑德斯为您效劳。”他看了看靠在桌上的汤姆,道:“这位就是尊夫托马斯·汉姆里克先生吧？”

“是的。”斯坦芬妮小声说道。

桑德斯没有多问。桑德斯是一个相当有名的黑市医生，当然他的名气只是流传在那些有求于他的底层人物之间。他的业务无所不包,从给枪战中受伤的黑社会头目治疗伤口到器官交易,他几乎没有不做的。而作为一个游走在法律边缘的人物，桑德斯可以为顾客绝对地保守秘密,即使那笔业务足以让他被判处绞刑。而这也是他最大的卖点。他打开皮箱，先取出一支注射器,在汤姆的后颈打了一针,又取出一辆折叠式拖车,有点费力地把汤姆放在上面,用皮带固定住,道:“走吧。”

斯坦芬妮拿起围巾,又走到卧室门口。小心推开门,小安妮正静静地躺在床上,睡得很香,被子有一角被蹬开了。她走过去掖了掖被角,这才回到门边,吹灭了蜡烛,小声道:“走吧。”

桑德斯已经在那辆小拖车上罩了一个布套,现在看起来也完全是一件寻常的行李而已。其实这根本没什么必要,这幢大楼住的全是些每天都要担忧衣食的人,这个时候都已经睡熟了。不过桑德斯还是探出头去看了看,确定外面没有人,才拖着拖车下楼。那辆拖车可以在台阶上拖动,不过要搬下九楼仍然不是件容易的事,好在桑德斯个子虽然矮小,力气却不小,搬得并不如何吃力。斯坦芬妮跟在他后面,在黑暗中听着拖车的轮子在台阶上发出轻微的撞击声,她突然感到一阵刺骨的寒意,耳边仿佛又听到了那支《安妮·洛丽》。不是现在的汤姆那种沙哑的嗓音,而是很久以前那种既浑厚又不失清脆的少年的声音。那是她和汤姆最喜爱的歌,虽然她并不叫安妮,也不姓洛丽。

斯坦芬妮把围巾裹得紧了些，可是这阵寒意却无孔不入,还是让她冷得发抖。她觉得自己的步子越来越沉重,几乎要迈不动步子了。还想这些做什么?她想。一切都已经消逝了,消逝得无影无踪。她不再是那个常常要害羞的少女斯坦芬妮·泰勒,而汤姆也早就不再是那个名叫托马斯·汉姆里克的温柔少年了。可即使她再用这样的话来安慰自己，那阵温柔的歌声却仿佛穿过悠远的时空,依然回响在她耳边。

正当斯坦芬妮觉得自己没有勇气走完这条长长的楼道时,桑德斯回过头来道:“尊贵的女士,请您帮我一把。”

已经来到了大门口。由于大门口的台阶要比楼道里的高一些,小拖车不太好搬。斯坦芬妮怔了怔,一时还没回过神来,她差点就要叫道:“不,让汤姆回去吧。”可是这话到了嘴边仍然咽了下去。她抓住拖车,看着桑德斯把这辆拖车塞进那辆小车的后备箱里。

“好了，尊贵的女士，”桑德斯锁上后备箱,“上车吧,得快点干完。”

小车无声无息地开动了。在小巷子里拐了不知多少个弯,驶进一个小院子里。那里有个车库,桑德斯的车子一进来时，车库的门就无声地开启了，小车停到了里面。桑德斯等车库门关上，扭过头来笑道："欢迎来到我的王国。"

这个车库出乎意料地大。左角上，用玻璃隔出了一个小间，里面是一个手术台。斯坦芬妮做梦一样看着桑德斯把汤姆放到手术台上，一声不吭。

"对了，您知道尊夫的荣誉芯片植在哪个部位？"

斯坦斯妮摇了摇头，道："我不知道。"

荣誉芯片是颁发给那些机械部分超过百分之五十的退伍残疾军人或阵亡者直系家属的，有了这个，就可以按月领取一笔救济金，直系子女也可以在升学、工作方面得到一定的优惠。这种芯片是军方专用，号称"不可破解"的密码编程，事实上也的确没有人能够破解过。不过由于战争持续得太久了，而荣誉芯片又是不断发放的，留底资料大多在战争中流失，因此管理相当混乱。原则上仅限一次性使用，可现实中却往往是父亲死了，儿子不去报告，找个黑市医生移植到自己身上。不过等三号令正式生效，这一切都不再可能，所以现在黑市里荣誉芯片的价位越炒越高。

"那得麻烦一些了。"桑德斯开始褪下汤姆的衣服。

衣服都很旧了,不太干净,每一件都有补丁。看着那些补丁,斯坦芬妮就想起自己在给汤姆补衣服时的情景。在补那件衬衫时,汤姆因为找不到能做的工作而在家里大发雷霆;而补肘下那个破口时,他的心情又很不错,抱着牙牙学语的安妮跟她说着些笨拙的笑话。看着桑德斯近乎粗野地撕扯着,斯坦芬妮突然有种心痛,说:“你轻一点吧。”

桑德斯愕然地抬起头,眼里闪着一丝嘲弄:“尊贵的女士,我以为您应该很恨尊夫。难道你后悔了吗?”

恨吗?斯坦芬妮的心里只有茫然。在桑德斯这样的局外人看来,自己这种黑寡妇一样的妻子一定会极端痛恨丈夫的,可是斯坦芬妮自己也说不上自己是不是恨汤姆。应该恨吧,汤姆的脾气很坏,喝醉了酒以后就更坏,自己的一条腿也是被他打断的,人工肾也被他打坏过一次。可是她仍然发现不了自己对汤姆的恨意,想得更多的,倒是他那些难得的温情。正因为难得,所以更难忘,只有那时她才从汤姆身上发现许多年前那个温柔而羞涩的少年的影子。

可是……

她低下头,低低地说:“不,我不后悔。”

桑德斯把一个探头拉过来，在汤姆身上移动着，道:“虽然与我无关，不过我倒是对您与尊夫的故事很感兴趣。可以跟我说说吗？反正还有点时间。”

要说吗？斯坦芬妮的喉咙里像是堵上了什么。她从来没有和人说过，但这些话一直在心里憋得太久了，总盼望着能一吐为快。她喃喃地说道:“那时……”

那时，汤姆和她刚订婚。正当他们满心喜悦地勾画着未来的轮廓时，内战开始了，汤姆走上了战场。

“等着我，我马上就会回来。”

斯坦芬妮还记得汤姆走时的那句话。可是这个“马上”却延长到了十年。城市屡次易手，主义和口号也三番五次地变化，百业萧条，毒品和黑市却异样地兴盛起来。在那个痛苦的十年里，她的父母、汤姆的父母都死去了。失去了家人的斯坦芬妮在这座城市里流浪，被强暴，被敲诈，被驱逐，无奈之下只得进入了胡安夫人开的那家“男人天国”。只是即使在“男人天国”里，她也没能待上几年，就因为怀孕被赶了出来。

幸好，即使是在那段最黑暗的时间里，上帝也没有抛弃自己，他给了自己小安妮。

斯坦芬妮想着，嘴角的笑意里透出了几分慈爱。因为发现怀孕时已经太晚，所以当她要去做堕胎手术时，那个黑市医生建议她不如生下来，这样胎儿的器官就可以卖出好价。安妮出生那天正好是她的生日，可是没有生日蜡烛和蛋糕，也没有礼物，她躺在阴暗寒冷的阁楼里，同样是站街女的罗莎蒙德手忙脚乱地为自己接生，血像泉水一样止不住地流淌，她以为自己一定活不下来了。可是，听到黑暗中传来的那个八音盒里发出的音乐，她又不知从哪里来了勇气。这个八音盒她一直带在身边，即使是最走投无路的时候也没有拿去卖掉。当这个红彤彤的小东西在撕裂般的阵痛中离开她的身体时，斯坦芬妮发现自己死也不会把这个孩子当成一件可以出卖的商品了。在这个孩子身上，她看到了久远以前的自己。

一定要让她有一个美好的未来。

在那个阴暗的阁楼里，坐在一片被血浸透了的破布上，从罗莎蒙德手里接过小安妮时，斯坦芬妮就这样发誓。为了这个渺茫的未来，她什么都做，洗衣，卖淫，偷窃，甚至有一次还杀过一个玩弄了她的身体想要抢夺她仅有几块钱的流氓。而她的眼睛、右肺、心脏和左肾，就是那段时间里在黑市上换成了面包、黄油和奶粉的。和这几年相比，在男人天国的那几年也许真的可以称得上是在天国里，可她还是坚持下来了。为了安妮。为了汤姆。这两个念头苦苦地支撑着她，让她踉跄地走着，一步步地走下去。

直到战争快要结束的那一年，重新遇到了汤姆。

斯坦芬妮的笑容消失了。

那时她正在街上拉客。作为一个浑身有百分之五十多的机械成分的卖淫女，要拉到客也不是一件容易的事。当她拉住一个喝得醉醺醺的男人，听到他突然大叫着“斯坦芬妮”时，她几乎要晕过去。

汤姆也变了。

我们是无畏的钢铁战士
为了人民，奋勇向前

汤姆是唱着这支军歌走上前线的。现在的他不再是战士，却真的几乎成了钢铁。在战争中，他陆陆续续地失去身上的一切。左手。右手。左脚。心。肺。脾。肾。现在的汤姆除了大脑和胆囊，其他部分全部都换成了人造器官。而为了人民吗？那也成了一句笑话。唯一值得庆幸的是汤姆加入的是狄奥西鲁将军的阵营，否则他连这种钢铁战士都做不成了。

那天他们在阁楼里抱头痛哭。汤姆一边哭，一边喝着酒，一边用拳头狠狠捶着她，直到她的腿骨和腕骨后来也换成了合成塑料的。汤姆一边打她，一边骂她是个下贱的婊子，为什么不去死，即使死了也比现在这样好，至少还让他有一个可以回忆的梦。斯坦芬妮什么也没有说，只是默默地流泪，仿佛把一生的泪水都在那一天流干了。

那天，直到小安妮睡醒了哭叫起来。

当汤姆听到孩子的哭叫声，想要把她从小床上揪起来时，斯坦芬妮疯了一样扑到孩子身上，任由汤姆沉重的拳头打在她的背上和头上。当汤姆酒醒后发现斯坦芬妮奄奄一息地躺在地上，又痛苦地抓着自己的头发，打着自己的耳光。好在汤姆还有一笔退役金，靠着这笔钱，斯坦芬妮身上的机械组成部分又增加了近十个百分点后，才重新活了下来。

从那一天起，斯坦芬妮就不再上街。她养伤的那几个月里，汤姆对她关心得无微不至，甚至斯坦芬妮决定要原谅他了。只是在她伤势痊愈后，汤姆的脾气又变得极其暴躁，有时喝醉了酒后为了一点点微不足道的小事就动手打人。虽然事后又会对斯坦芬妮关怀体贴，为她调换老化受损的人造器官，可是这笔开支使得他那并不丰厚的退役金更加缩水，日子过得更为拮据，而汤姆的脾气也更坏了。幸好汤姆退役时得到了荣誉芯片，每月能领到一笔勉强糊口的救济金，而斯坦芬妮时常接一些诸如缝补和裁剪的活计回来做，尽管报酬极为微薄，日子总还过得下去。甚至，在斯坦芬妮的精心安排下，他们每月还能有一点节余，可以应付小安妮生病之类的急用。

直到狄奥西鲁将军颁下了三号令。

三号令还规定，荣誉芯片只能归个人拥有，不得继承，不得转让。斯坦芬妮第一次听到三号令的内容时，是在超市里买打折蔬菜。当她听清了内容后，差点晕了过去。根据三号令，自己这种机械成分超过百分之六十的人将要被剥夺公民权。假如隐瞒不报被查出后，连汤姆的荣誉芯片也将被剥夺。她不相信自己仅剩的这个梦在一瞬间被毁掉，可是等她清醒过来，却不得不承认这个梦已经到了尽头。

她不敢去诅咒狄奥西鲁将军，也不敢质疑这种措施的合理性。事实上,对此她也完全无能为力,只能接受,何况如果是狄奥西鲁将军的对手获胜的话,她连现在这一切都得不到。她所竭力要做的,就是不让这个梦彻底破灭。

她曾经去黑市上打听过荣誉芯片的价钱。虽然它本身只能给主人带来一点微薄的救济金，现在却可以让人逃过三号令，这使得以前对此不屑一顾的富翁垂涎三尺。由于管理混乱,荣誉芯片本来就是黑市上的抢手货,三号令颁布后,身价更是扶摇直上。以斯坦芬妮和汤姆这几年那一点微不足道的积蓄，想要买荣誉芯片实在是一个让人笑不出来的笑话。

这时那个嗡嗡作响的探头忽然沉寂下来。桑德斯拍了两下,把那个探头一扔,吹了下口哨道:“真是个悲哀的故事,尊贵的女士,我的心都在颤抖。算了,这东西老掉牙了,女士,您确定他身体里确实有荣誉芯片吗？”

他当然不会，这个轻佻的男人根本不知道这样的悲哀。被打断了的斯坦芬妮有些恼怒,但她还想再说下去。这些话一直憋在心里太久了,也许将来不会再有一个倾诉的机会，尽管对象只是这样一个轻佻丑恶的男人。

“是的。”话没能说完，总还说出了一些，斯坦芬妮心里多少好受一些了。汤姆躺在手术台上，张着嘴，嘴里那些金属牙齿映着灯光，泛出铅灰色的光。

什么时候自己有了这样的念头？她想着。其实，她第一次有这个念头是因为另一座城市发生的一件新闻：某个相当体面的绅士，杀了一个身无分文的残疾士兵。因为那个绅士有个儿子，自幼体弱多病，有百分之六十三的器官不得不换成了人造的。那个绅士爱子心切，用的人造器官都是最为昂贵先进的，结果三号令颁布时，连他都买不起荣誉芯片了。绝望之下，他不顾一切杀了那个穷困潦倒的退役士兵，想从那人体内得到一块荣誉芯片。正当他在那些残肢碎体里拼命翻检的时候，被过路的巡警发现。更不幸的是，后来他才知道那个士兵当初属于狄奥西鲁将军敌对派系的，他体内由那个敌对派系植入的荣誉芯片其实只是一块废物。

这个既血腥又可笑的新闻被人们当成茶余饭后的谈资，却提醒了斯坦芬妮。她不相信当自己不在人世后汤姆还会对安妮有多好。也许……不，肯定，在安妮还没有发育成熟的时候，就会被这个整天喝得醉醺醺的继父卖到“男人天国”去做雏妓吧。现在的汤姆也已经是一个废物，什么事都做不了，每天只靠一点救济金度日，顶多把一点剩余的交给她，让她去超市买一点因不新鲜而打折的蔬菜和肉。没有了自己，他会这样关心这个与他毫无血缘关系的女儿吗？

不会的。眼前这个由一堆笨重的军用人造器官堆砌起来的怪物，已经不是汤姆了！斯坦芬妮这样想着。在斯坦芬妮发现了那个一直都没有丢掉的八音盒被汤姆偷偷拿出去时，这个念头越发坚定。他一定是拿去换酒喝了。连这个凝固了最美好的一段记忆的信物他都能卖掉，那么这个人就已经不是汤姆！她终于下定了决心，偷偷去打听能做这一类手术的黑市医生，既要靠得住，又要能够不留痕迹。这样的人并不好找，所以当斯坦芬妮找到桑德斯时，觉得上帝再一次眷顾了自己。桑德斯的要价不低，正好是她手头那笔存款的两倍，但斯坦芬妮不再犹豫，卖掉了自己的右肾后凑足这笔钱。可是，当一时的冲动过后，她听得心里总像有个人在对自己说："这是汤姆。他是汤姆啊。"

不，绝不能后悔。斯坦芬妮想着。安妮，这一切都是为了你。她就是我的所有，安妮·洛丽，为了她我愿将一切放弃。在斯坦芬妮的耳边，仿佛又回响起这两句歌来，却是汤姆那种沙哑的声音。

“好了，我们开始吧。”

桑德斯洗了洗手，戴上手套，又取出一个盒子。正当他要去拿手术刀时，斯坦芬妮忽然道：“等一下！”

桑德斯的手停住了。他看着斯坦芬妮，有点不耐烦地道：“尊贵的女士，我要提醒您，即使您取消委托，我也只能退还您百分之五十的手术费，另外百分之五十可是作为违约金的。”

斯坦芬妮深深地吸了口气。她觉得喉咙口像堵了块什么东西，快要喘不过气来了，只是她也知道那并不是人造肺的故障。她小声道：“他会觉得疼吗？”

桑德斯干笑了两声。这个笑话虽然冷了点，却让他真的感到好笑。他道：“尊贵的女士，他已经完全失去知觉了。如果您还不放心，那先切断他的脊髓吧，什么疼痛都感觉不到了。”

桑德斯的手术刀一下插入了汤姆的脊柱。斯坦芬妮觉得这把刀像是插在自己的身上一样，感到了一阵难忍的刺痛。她一把抓住了围巾，指甲也深深嵌入了皮肉里，一下闭住了眼。等她再睁开时，桑德斯正以极其纯熟的手法割开汤姆的胸腔。由于汤姆体内的器官大部分都换成了人造器官，血流得并不多。只是看到那些殷红的血迹，斯坦芬就觉得一阵晕眩。

桑德斯已经把汤姆的胸部全部切开了。像打开车前盖一样，他打开了汤姆的胸腔，那种熟练却又粗野的动作使得汤姆的脸不时抽搐一下。这当然不是疼痛，只是解剖时的神经自然反应吧。斯坦芬妮想着。甚至，在她的眼里，那仿佛是种古怪的笑容。

不，他不是汤姆，只是个怪物！斯坦芬妮无力地想。可是百分之八十三机械成分的汤姆是怪物的话，现在百分之六十四机械成分的自己也同样是一个怪物了。她不敢再去看，扭过了头。

“啊，真了不起！”

桑德斯的声音突然响了起来。斯坦芬妮猛地转过头，道：“找到了？”

“不是。”桑德斯眼里带着些亮光，“尊夫使用的全部是军用货啊。虽说使用时间长了一点，还很不错呢。尊贵的夫人，假如您愿意的话，我可以向您高价收购！”

桑德斯说话的口气，仿佛是在说着几把扳手或螺丝刀。斯坦芬妮沉下了脸，道：“桑德斯医生，请您快点将荣誉芯片取出来，我可是相信您的信用才雇用您的。”

“当然当然。”桑德斯小心地取出汤姆的人工心脏，冲洗了一下放到一边。人工心脏的小泵还在“噗噗”地抽动，上面还沾着些血痕。他咂了两下嘴，摇着头道：“军用品的性价比果然不错，以后应该多收点。”

“桑德斯医生。”

斯坦芬妮的声音大了一些。桑德斯马上也醒悟到自己的失态，低头又去一件件拿出来。人造肺，人造肝脏，人造胃。每一样都冲洗后小心地放到一边，只是他的眼里却越来越黯淡，抬起头道：“尊贵的夫人，胸腔里没有啊。”

“不可能！”斯坦芬妮的声音又大了一些，“另外地方呢？肯定有的，每个月他都去领救济金。”

桑德斯嘴角浮起一丝笑容：“也许，尊夫一直在骗着您呢？”

骗我？斯坦芬妮怔了怔，但马上又坚定地道：“不可能。他什么事都做不了，除了救济金，根本赚不到钱。”

桑德斯点了点头，道：“的确。一个人有那么高的机械组成部分，确实已经做不成什么事了。奇怪，到底放在哪里？”

荣誉芯片是那些退役残疾军人赖以生存的唯一依靠，植入得也非常深，不过不外乎是胸腔、手臂或大腿这几个地方。桑德斯的额头渗出了一些汗水。作为一个黑市医生，同样具有职业上的自豪，可是他也想不通为什么会找不到。小小的柳叶刀在他手中舞动如飞，没有多久，手术台上就堆了一摊在七零八落的人造器官中间的肌肉和骨骼。当检查过最后一片趾甲时，桑德斯这才颓然道："尊贵的女士，很抱歉，尊夫体内并没有荣誉芯片啊。"

"不可能！"因为绝望，斯坦芬妮的声音也有点异样，"你再看一下吧，说不定你漏掉了。"

"那才是不可能的事。"桑德斯有点不耐烦，"荣誉芯片的体积有五厘米长，两厘米宽，我是不可能漏掉的。何况，尊夫的每一个部分都已拆下来了，包括肉体部分和机器部分，你自己一直在边上看着，以我个人的名誉，我没有，也不会做什么手脚。"

桑德斯说得有些委屈。他拿起几张纸巾擦了擦手上的血污，斯坦芬妮忽然抢上前去，一把抓住那把手术刀对准了他。

刀子就握在斯坦芬妮的手上。小小的柳叶刀上还沾着血迹，闪着锋利的光芒。桑德斯并没有惊慌，他的嘴角反倒浮起了一丝笑意：“尊贵的女士，您是想动武吗？”

斯坦芬妮的眼里已带着绝望，她握着手术刀尖声叫道：“芯片肯定在他身体里，一定是你藏起来了！快给我，你不给我的话……”

“不给你的话，你会杀了我？”

桑德斯的笑容像钢一样冷漠，突然伸手抓住了斯坦芬妮的手腕。这个矮小的已经谢顶了的男人动作却快得异乎寻常，力量也大得出乎意料，就像一把铁钳一样拧着。斯坦芬妮听得手腕里发出一丝脆响，那是塑料骨骼被拧断了。虽然这只廉价材料组成的人造手并没有让她感到多少疼痛，可她还是本能地惊叫起来，人也被桑德斯推倒在地。

手术刀被夺走了，桑德斯向空中抛了抛，又灵巧地接住。他的脸上，仍然带着那种冷冷的笑意：“女士，我桑德斯不是一个说话不算数的人。做我这一行，要是没有一点本事，是活不到今天的。”

他弯下腰，放低了声音道：“虽然我做的是一项法律之外的业务，不过职业道德我还是有的。在下还想真诚地告诉您一件事，这也是在您所要求的服务范围以内。”

斯坦芬妮抬起头。她不知道这个男人还要说什么。桑德斯直起身，把手术刀小心放在手术台上，道：“虽然愈合得不错，不过您丈夫的头部近期曾经被打开过。我认为，那块芯片近期已被您丈夫自己取出来了。”

“不可能！”斯坦芬妮叫着，“你还要骗我，他为什么要把芯片取出来！”

桑德斯耸了耸肩，道：“这我哪儿知道，也许是他厌倦了这样的生命，把芯片卖了吧。现在黑市上这样一块芯片的价钱可不低，不过等过了三号令的期限恐怕就一文不值了。这样的事我见过了好几起。对了，我还有一笔为您装配芯片的业务，假如您不需要退还两百元的话，我建议您换上您丈夫的人造手吧，那倒是军用配件，质量很不错，起码还可以用五到六年，比您那种便宜货要好得多。”他见斯坦芬妮还是一脸不信的样子，又耸了耸肩道：“尊贵的女士，如果我真要欺骗您的话，现在把您杀了岂不更好？请您相信一位医生的职业道德吧。”

斯坦芬妮根本没有再听桑德斯的话。她看着手术台上那一堆血污。人造心脏，人造肺，人造手，这些配件七零八落地堆放着，仅仅是几个小时前，它们还曾经是一个机械成分百分之八十三的人的组成部分，现在却只是一些二手配件了。他真的已经把芯片卖了？斯坦芬妮不愿意相信，可是又不得不信。即使桑德斯骗了她，她还能有什么办法？桑德斯说得也没错，现在把自己杀了，谁也不知道，他还能多得几件二手人造器官，尽管那些卖不出什么好价。

她不知道自己是怎么回到家里的。直到她打开门，走进昏暗的屋内，仍然觉得自己是走在一个噩梦之中，无法自拔。点着了蜡烛，先进屋看了看。小安妮躺在床上睡得很香，嘴角还带了一丝笑意。斯坦芬妮退了出来，关上门，坐到桌前。桌上还放着的那半瓶威士忌，黑得几乎要发出光来，她看着搭在椅背上的大衣，呆呆地站了半晌。仅仅几个小时前，这件大衣还穿在一个男人身上，这个男人说要送给她生日礼物。她忽然抓起了那瓶威士忌，对着嘴灌了下去。辛辣的酒液从她的喉咙口流入胃里，可是她感觉不到身上有丝毫暖意，身体仿佛浸在了冰水里，没有温度，也没有生机。

喝完了酒，她颓然坐了下来。

什么都完了，可夜还很长，长得像是永远不会天亮。

过两天，她就该去报警了，而警察局的失踪人口册里也该多一条记录了，不过更有可能的结果是那个官僚机构根本不理睬这样一件微不足道的失踪案。她伸手拿起桌上那个大纸盒，里面的芭比娃娃依然带着甜美的笑容，隔着一层玻璃纸看着她。小安妮醒来的时候一定会开心半天吧，只是当她问起爸爸时，她不知道该怎么回答。

她把芭比娃娃放在桌上，又深深吸了口气，鼓足勇气，这才拎起那件大衣。大衣似乎比平常更沉重，她几乎无法挂到衣橱里。当她正要关上橱门时，突然觉得口袋里有个什么东西。

那是一个小盒子。她伸进口袋里，把那个东西掏了出来。这是一个十分粗糙的纸盒，一定是他自己包的。她撕开了包装，里面是一个八音盒。

八音盒很旧了，和她十七岁时收到的那个一模一样。她打开了盒盖，熟悉的《献给安妮·洛丽》的曲调在黑暗中响了起来。看着盒子里的东西，斯坦芬妮的心像被雷电猛然击中，一下碎成了粉末，泪水终于涌出了眼眶。

仿佛枝头的清露
滴落盛开的雏菊
夏天的风一样轻轻吹过
她的声音温柔甜蜜
她的声音温柔甜蜜
她就是我的所有,安妮·洛丽
为了她我愿将一切放弃

清脆而优美的曲调,像一道冰冷的溪水在流淌,他那低沉沙哑,却又带着无限深情的歌声仿佛又在她耳边响起。站在凄冷的黑暗中,斯坦芬妮无声地抽泣着,任由泪水淌下来,打湿了八音盒里的那块闪亮的荣誉芯片。

铁血年代

这是一个最好的时代,也是一个最坏的时代

这是一个智慧的年代,这是一个愚蠢的年代

这是一个信任的时期,这是一个怀疑的时期

这是一个光明的季节,这是一个黑暗的季节

这是希望之春,这是失望之冬

人们面前应有尽有,人们面前一无所有

人们正踏上天堂之路,人们正走向地狱之门

—— 狄更斯《双城记》

“是这家吗？”

我掏出通知对了对门牌号。没有错，确实是这家。我点了点头，让她走在前面。

其实也没什么，只不过让这户人家开门后见到的是一个女子，可能心里要好受些。

她按了按门铃，里面传出来趿着鞋的声音。我有点百无聊赖地看看四周，不知为什么，突然很想抽烟。只是就这么点时间，做事时抽烟总不太好吧。

门开了，一个男人探出半张脸看了看我们。她道：“请问，这里是邓宝玲的住宅吗？”

这男人有点狐疑地看了看我们，脸一下变得煞白，道：“你们……你们是……”

她还想解释什么，我有点不耐烦地走上前，道：“我们是。请邓宝玲女士和我们走吧。”

“她还在梳洗，请你们……稍微等一下。”

我站在她身后，刚想说什么，她已经抢先道：“没关系，让她慢慢来吧，我们等她。”

那男人有点如释重负，道：“请进来坐坐吧。”

她已经走了进去。尽管有点对她那种心慈手软不满，我还是跟着她走进去。在十三个行动组中，她是唯一一个女子，我毕竟还得随着她点。

这邓宝玲家里并不是太富裕，但整理得很干净，墙上还挂着几幅廉价的中国画复制品，倒也并不恶俗。

一进他们家客厅，刚坐下来，我便说：“请邓宝玲稍快一点，我们还要赶时间。”

男人低着头，道：“好，好。”

他抹了把眼角的泪水，这时，内室的门开了，一个只有十二三岁的男孩子走出来，嘴里道：“爸，妈说……”他一见我们，像是被砍了一刀一样，叫了起来：“爸！你说过不去叫他们来的！”

男人没说什么，她站起身，道：“小朋友……”

那小男孩冲过来，想要去打她，我站起身，一把抓住他的手腕，他的手乱抓着，两脚还向我腿上踢来，嘴里叫着：“不许你们把妈妈带走！”

我把这男孩拖开几步，顺便看了看手腕上的探测器。还好，并没有信号，这个男孩还是个正常人。我抓着他，对那男人道："请把你儿子管好。"

那男人又抹了把眼泪，一把抱住男孩，道："小康，听话，妈妈是跟叔叔阿姨住院去的。"

"你骗我！大人说过，妈妈要被烧掉的！我不要妈妈被烧掉，爸，爸，你去打他们，去打啊！"

男孩像一头凶猛的小兽一样，在那个男人手里挣扎着，还想着冲过来打我们。男人死死抓着他，即使男孩拼命咬着他的手。

"小康，别闹。"

内室里，一个女子走了出来。我有点惊愕，几乎有点妒忌这男人了。

这邓宝玲居然是个美人，婚前她身边一定聚集了一大帮献殷勤的男人吧。虽然现在年纪不算很轻了，依然还有着很大的魅力。

"请问，你是邓宝玲女士吗？"

我也听得到自己语气里有点惋惜了。

"是的。我准备好了，我们走吧。"

那男孩已经不闹了，突然，他大哭起来，叫道："妈！妈！"

邓宝玲蹲到男孩跟前，摸了摸他的头，道："小康乖，要听爸爸的话，妈妈会经常来看你的。”

她站直了，对我们道：“对不起，让你们久等了。”

她的镇定让我也不禁有点佩服，我侧了侧身子，让她先走过去。

门关上了。门里，还传来那男孩的哭声。邓宝玲突然用手掩住嘴，无声地抽泣着。她关切地道：“没事吧？要不，再看看你儿子？”

这是违反纪律的，可是，我也没有阻止她这种女人气的做法。我坐在驾驶座上，敲了敲方向盘。如果她还要回去看看，我就不发动车子了。

“不用了，多见几次也没用，还不是一样。”

邓宝玲坐进了车子的后座。等她坐到前座我边上，我按了下起动钮。

车开了。在离开那幢楼前，我眼角扫到了那楼上下，不少窗子都开着，几乎千篇一律，每个窗前都有一些面目呆滞的人看着我们，没有什么表情，只是看着。

这车是特制的，前座和后座用钢化玻璃隔开，是专门运送感染者的。当我开动车时，后座就完全被封死了，与外界一点气也不通，完全是一个密封的铁箱，要是待久了会憋死人的。其实，不少时候连这点空气也不需要的,后座的杂物箱里放了几颗氰化物胶囊。那也是专门给那些不那么坚强的人。我向局长提过几次建议,要求氰化物胶囊不要放在车上,可以下车后由我们提供,不然把死尸弄出这个铁箱子是很困难的,可局长说这是上级的意思,上级说要尊重公民的选择。

开着车,在肮脏的大街上行驶着,我的心里却更是一阵阵寒意。很不祥地想到小时候看过的一个希腊神话,推着石头上山的西西福斯。我现在做的一切,与西西福斯不也很像吗?在那些大街小巷里,每时每刻会出现多少感染者?我们又能处理掉多少呢?

我心里有点烦,打开了车里的全方位激光音响,登时,车里传来一阵柔美的江南丝竹的乐声。

那是她爱听的音乐。我不由看了看坐在边上的她。在她脸上,没什么表情,只是眼里有点茫然。

处理场马上就到了。我打开后座的车门,邓宝玲走了出来。我注意到,在我手腕上的探测器显示屏上,格数又上升了一格。

“到了,请服药吧。”

邓宝玲手里已经抓了一颗药,但她像是没听到,只是看着远处。

处理场原先是个垃圾填埋场，现在好久没用了，长出了不少草和灌木，倒比使用时干净得多。因为是秋天，草木都半凋了，没什么生气，时而一阵风吹过，扬起一片尘土。邓宝玲几乎贪婪地看着四周的一切，忽然，像是自言自语地道："你们放了我吧。"

我皱了皱眉，道："不要想这些了，放了你，你也没几天好活，却有可能害死一大群人。你总不想这样吧？"

邓宝玲转过头，看着她，道："小姐，你就发发善心，放过我吧，我保证不会害人的。"

她没说话。这些话我们也听得多了，我从怀里摸出一张照片，道："你看看这个吧。"

那是一张未公开的新闻照片，是好些年前一个体内食尸鬼已经孵化的感染者的样子。那时感染者不多，那个感染者不知为什么漏掉了每周一次的大检查，可能是家里的亲属帮他瞒下来吧。结果，当邻居听到从那家人家里传出凄惨的叫声，通知警察来时，在那户人家里，看到了如同最恐怖的噩梦中才会出现的景象。因为太过血腥恐怖，尽管这照片可能是让感染者自愿结束生命的最好武器，市长也严禁发布，只是让我们带在身边，给那些事到临头失去勇气的人看看。说实话，带这么张照片在身边，我也很不舒服。

邓宝玲看了看照片，像看见一只蟑螂或者死老鼠一样，一下扔到一边。我多少有点幸灾乐祸，道：“好了，请快点吧。”

邓宝玲闭上了眼，一下把那颗胶囊吞了下去。

氰化物，几百年来一直是一种有效的毒药。虽然随着科学的发展，自杀的手段也日新月异，但氰化物作为干净、迅速而无痛苦的自杀手段，很受人青睐。

看着她的身体慢慢变得僵硬、发青，我从车后备箱里取出一瓶助燃剂倒在邓宝玲的尸体上。这具尸体虽然失去了生命，但还是有些魅力的。从某种意义上来说，邓宝玲在这时死去是一件好事，至少她留在世上的一切都还会让人有好感。如果她的丈夫和儿子能幸运地活到轮到他们离开的时候，他们也许会想念这个美丽的妻子和母亲吧。

我取出枪，扣动了扳机，一道火光喷出，邓宝玲身体一下子被火舌吞没。在火光中，她的身体开始拼命扭动，发出尖厉的声音。当然，这声音不是她发出的，可是听起来却像是她在挣扎喊着救命。我饶有兴味地看着这具会动的尸体化成灰烬。

我注意到,她闭上了眼,不敢去看。我不由暗暗笑了笑,女人到底还是女人,不论她装得多么坚强。这让我有一种莫名其妙的优越感。

二十八世纪的人类，也许仍然留着很久以前那种男尊女卑的思想。

天已经暗了下来。今天我们已经跑了三次,完成定额了。只是,我也觉得那不过是自欺欺人而已。连前些天的新闻里也说,感染者已达百分之三点二,以一千万人计算,该有三十二万人。可按我们的进度,十三个行动组,每天四十人上下,做完的话那要多少年?

天空中，划过一颗流星。在那一块宝蓝色的天空里,只不过一瞬,但让我好像听到玻璃破碎的声音。她垂下头,嘴里默念着什么。

我笑了:"流星早灭了。"

"是。"她抬起头,我看见她眼里依稀有点泪光。

"你还相信这些?哈哈,长不大。"

"好吧,我们走吧。"她说着,飞快地用手抹了一把眼。我本想说两句打趣的话,可是,我的心头一酸,没有说出来。等她坐进车,我踩了下油门,又打开了车上的音响。

她是总局技术部主任老计的女儿。老计的兴趣,一是发明各种东西,二是喝酒。我刚进总局行动组时,她有时穿一身破旧的衣服来给老计送饭。那时我也才二十岁出头,看着她十六岁的身体像只有十一二岁那么干瘪,做梦也想不到八年以后她会以总局第一美人的身份成为我的同事,而且是在这个一般人无法忍受的行动组里。

虽然我们是同事,私下却从没有交往,可是,我还是从别人嘴里听到过关于她家里的事。老计的妻子早亡,那时有一段时间他颓唐至极,而她那时才五岁,居然就撑起了一个家,每天一早去买菜,回家洗一下,在比她的人还高的灶台上做两道勉强能下咽的菜——当然那是指她小的时候,后来她的厨艺已经够好的了。

如果我不是亲眼看到,我也想象不到在她那看似柔弱的身躯里会蕴涵着这样的坚强,以至于以说怪话出名的我,也无法对她多说几句挖苦话。

我们回到了市中心。车开过大街,迎面一辆慢悠悠的车开过来。那是市电视台的宣传车,一个听上去掩饰不住惊慌的声音从车上传来:“紧急通知,紧急通知,请所有市民立刻收看收听电视广播,市长即将发布紧急通知。”

我看着那辆漆得像救护车的宣传车驶过。不知道那些政客又想出什么花样来了,可能又要发药品吧。宣传车开过好几次了,有时是新疗法,有时是毫无可行性的建议。

我手腕上那兼用作传呼的探测器忽然又发出了尖厉的声音。我看了看,道:“要集合。今晚上到底出什么事了?”

一回到总部,门口总台的七号大声道:“行动组,马上去会议室集合,就等你们了。”

我和她走进会议室,整个特勤局的人都在了,行动组的人坐在最前面几排,整整齐齐的。可是,我注意到第六组的古文辉却不见,和他同一组的柯祥坐在靠过道的椅子上哭得像个泪人一样,文秘室的花瓶正用纸巾擦着他的眼。我不太看得惯他这样有龙阳之好的人,就坐在了另一边。

“老王,出什么事了?”

我坐下后,悄声问坐在前面的第四组的王世德。王世德回过头,小声说:“你不知道吗?古文辉被寄生了。”

尽管我一向不喜欢古文辉，当然，他也不喜欢我，但不能否认，他确实是个很尽忠职守的人，我们这十三个特别行动组二十六个人里，他是出类拔萃的人，比我的能力强多了，我也不得不承认。像他这样的人，反而没有一般人那种过一天算一天的想法，一发了薪水就去酒吧鬼混。他和柯祥两人总是安安静静地携手走在大楼里，让我见了也直发毛。可是，昨天还在让我发毛的人，今天就不在了，实在让我感到空落落的，也有点叹息。

“不是有治疗的办法吗？”我们身上都带着老计研制的疫苗，在被寄生的十分钟内，趁虫卵尚未进入循环系统，可以杀死它。

王世德的脸上满是无奈：“在古文辉身上失效了。”

局长和老计走了进来。老计手里抓着一盘录像带，他走上台，打开录像机，灯灭了，墙上，露出一块亮块。老计站在阴影里：“大家也知道了，六组的古文辉在今天执行任务中，受到一个感染者的袭击，尽管他及时使用了疫苗，但是发现疫苗已经失效。我们已经采取了全身换血，可是，在他血液里，还是发现了食尸鬼的幼虫。你们看，这是他的血液样本放大图。”

在那块亮块中,是一种淡红色,当中有一些褐色的小长条在不停地蠕动。这些小长条看上去毫不起眼,可是，有谁知道，这种幼虫不过是零点零三毫米的幼虫子,竟然会在人身体里长成有近一厘米长的成虫。

这时,黑暗中王世德道:“不能再次全身换血吗？”

老计道:“不可能了。这些幼虫在人体内已经开始繁衍,我约略计算了一下,每条幼虫两小时就分裂繁殖一次。这种以级数增长的方式,我想大家也应该知道,一条幼虫在八小时后,就成为十六条,二十小时后,成为四千零九十六条。比以前三小时自我复制的时间快了许多。”

有人惊慌地说:“那,也就是说,一旦被食尸鬼咬过后,那就是死路一条了？”

老计站在屏幕的边上,只看得到他的身影。他慢慢地说:“理论上,的确如此。”

在剩下的二十几个行动组成员中,发出了惊呼。以前,疫苗都发了下去,人们尽管对食尸鬼一样害怕,却并不太担心。老计的话,等于是把最后一线希望也打破了。

局长在黑暗中站起身,刚想说什么,忽然有人站起来，抢过话头，道：“局长，我要辞职。”

像有连锁反应，一下子又站起了好几个。这种局面局长也许没料到。

灯亮了。

我看见他的脸上，憔悴而不安。

“大家静一静，”局长晃着手，可是他的威严已经荡然无存，“请听我说一句。”

人们静了下来，他毕竟还留有以前的威信。在灯下，我看见他的头发已白了许多。

“刚接到通知，本市已列入极度危险名单，特勤局已受令取消，所以大家不必辞职，过一会儿去财务室领补偿金，听候遣散。”

我叫了起来：“这怎么行？火灾大了，怎么把救火的先撤了。”

他看了我一眼，苦笑了一下，道：“政府已决定放弃本市，给了十天时间疏散人群。”

有人道：“这消息公布了吗？”

“市长正在做紧急通知。老计，把电视接进来。”

老计还没说什么，那个花瓶忽然尖声哭着，叫道：“我不要看，我要回家！”

以前,花瓶发出这种神经质的叫声时,总会有不少护花使者一拥而上,可现在,也许所有人都惊呆了,没有人理睬她。每个人都木然坐着。老计在桌前转了一下,墙上出现了市长那气宇轩昂的样子,只是现在那样子更像一个泄了气的皮球。

这消息是循环播放的, 市长正说着:"……发扬人道主义精神,争取能抢在事态恶化前离开本市。"说到这里,他已经把身体靠在椅背上,像是如释重负,画面一跳,却又正襟危坐地说:"全体市民请注意,鉴于目前那种寄生虫已经失去控制,即日起,本市在四周已设立了五百个检查站,并开始发放出境许可证。所有接到离境许可证的市民可就近接受检查, 确认正常后即可离境。请大家不要惊慌, 所有检查站都是二十四小时开放,一定让所有正常人离开本市,以防发生无法弥补的遗憾。大家要发扬人道主义精神……"

我没再听市长的讲话了。事实上,会议室里也已乱作一团,听也听不清市长在说什么。我也学着市长的样子把身子靠在椅背上。

一开始,谁也没料到,一种小小的寄生虫会造成这样的后果。也许,这世界真的已到了末世了吧。

那花瓶正叫道:“局长,快给我鉴证!快给我!”边上还有几个人也围着他。局长手忙脚乱,大声道:“鉴证不是由我发放的,请自行去市公安局领取,每人限领一份。”

我摸了摸口袋,那里的烟还有半包。总算有时间抽烟了,我取出一根来时想着。

我把烟在盒面上敲了两敲,叼到嘴边。

如果以前在这里抽烟的话,一定会扣发奖金的,但这时恐怕也不要紧了。我点着烟,吐了个烟圈。现在几乎所有人都围着局长,局长费力地向外走,嘴里说着,吵得像个菜市场。我注意到,只有三个人没动。老计、柯祥和她。

我没有和别人一起去财务室,而到了局长室。我没敲门就闯了进去,局长正在收拾东西,只是抬起头看看我,似乎也没有在意我的无礼,道:“你领好钱了?我们走吧。”

我没动。

他看看我,诧异道:“有什么事吗?”

“为什么不坚持到最后一刻?从小你就教育我,做事绝不能半途而废。做人,就要做得像个英雄。”

他笑了,笑容里带着无尽的苦涩。

“走吧。有些事,不是人力所能。”

我看着他,想看出他眼神里的怯懦,可是他却坦然地看着我。在这个养育了我十多年,让我接受教育的人身上,我只能看到他的坦然。

“如果你愿意再做一点事,那和我一起到检验处去吧。这十天,大约要检查近百万人,平均每个检查站每天要查两千人,人手缺得很。”

我终于退却了。我低下头,喃喃地说:“好吧。”

“在这种形势下,有谁能只手挽狂澜?不要太英雄主义了。你先回去吧,明天我通知你。”局长拍了拍我的肩,想再说什么,最后还是没说。他顾自整理自己办公桌,把那些过时的文件拿出来堆成一堆。

我退出局长室,不少人已经骂骂咧咧地从财务室走出来。以前一向很肃穆的特勤局,现在几乎像个娱乐场所。

我走进财务室,出纳小姐白了我一眼,道:“你怎么来得这么晚?都最后一个了,害我也不能走了。”

我拿着光笔道:“对不起。”伸手在液晶书写板上签了自己的名字。电脑里,已经有一长串名字了吧,我放下笔时,道:“老计他们也拿了?”

她道:“老计比你早就来拿了,把他女儿的那份也拿走了。”

她也拿了?我心中不禁有点失望,但马上就明白,难道拿属于自己的工资也错了吗?我是有点求全责备了。

走出局门口时,在马上要离开时,我不禁回头看了看。这幢高大的特勤局马上就要成为一幢空局了。我叹了口气,又摸出一根烟,点着了。

街上人来人往,各种牌子的磁悬浮轿车还是不停地穿梭在大街小巷。只是,这一切都像一块画布被抹上了一块错误的颜色一样,尽管还和以前一样,却总有一种病态的错误。

第二天,局长叫醒了我。他带我到市区边界的检验处报到。自从公众知道出了一种寄生虫,几乎一夜之间,这个市的四面都设起了电网。自从昨夜市长的紧急讲话发布以来,出境的人几乎像是狂潮般涌来。五百个出境口不算少,却也有些不够用了。每个人都希望早日离开吧，以前因为那电网外五步一哨十步一岗，擅自外出者就地正法。现在正式可以外出，那些有钱人都有点迫不及待了。

对于偷越出境的人，军队接到命令，格杀勿论。以前很繁忙的空中出租车也停运了，军队每个士兵都配备有小型激光制导对空导弹，可以说想偷一辆空中出租车私逃的，绝对是死路一条。而假如真有一个病人逃出去，也有可能造成连锁反应，使得全国爆发一场大灾难。

我加入的是化验组。我不太会摆弄仪器，给我的任务是采血。为了防止作弊，所有要出境的人一律要经受辐射扫描、验血、消毒三道手续，我的任务是在每个人臂弯处的静脉上现场抽出二十毫升血，注入试管后通过自动检测仪。

食尸鬼只寄生在人身上，没有发现别的动物感染过，这类似于另一些寄生虫只寄生于牲畜身上一样。但为了防患于未然，所有宠物一律不得带出外，一切随身衣物都要经过高温消毒，即使是正常人，也要经过严格消毒才能外出。通过的人欢天喜地坐着军用卡车前往郊外的火车站等着离去。自从发现食尸鬼以来，政府极为重视,几乎是一夜之间,市政府就军管了。以前外出手续非常复杂,保留着平时的人浮于事,现在却以前所未有的高效率运作。

我要做的事,也就是叫人撩起袖子,然后,把消毒针刺入他的动脉,抽取二十毫升的血。仅仅如此,如果这也叫事的话。

轮到下一个了。他穿着一件笔挺的西装,料子相当高级。他撩起袖子,我像一台机器一样,精确而无聊地把针头刺入他的手腕。他把袖子放下,道:"请问,什么时候能知道结果?"

"很快,请稍等。"

我把他的血液样本压住他的申请单。那些人大多像他一样,急不可耐地想要离开这个地方。这个人文质彬彬,看上去很像个有文化的人,可是他的表现和那些操皮肉生意的浓妆艳抹的女人、大腹便便的官僚差不多。其实他完全不必担心,我的手腕上戴着探测器,如果他体内已有食尸鬼寄生,探测器一定会有反应的。

"能不能快一点?我急着要走。"

"很快的。"我没抬头,忙着给下一个抽血。这时,自动检测仪突然发出了蜂鸣,在那边敲图章的人跳了起来，冲到检测仪前。我有点奇怪地看了看那台机器。

那人抽出了一张申请单，念道："成凡，成凡是哪一位？"

我转过头，又有一个不走运的人了。检验处的门口装有一架高灵敏度的探测仪，那些已有危险的被寄生者根本走不进来，只有那些刚被寄生的人，虫卵密度很小，才能躲过门口的探测仪，可是，却逃不过这台号称准确率高达百分之九十九点九六的血液样本检测仪。食尸鬼通过体液交换传播，尽管科学家宣称蚊虫叮咬不会传播，可我却知道监狱里的囚犯就有被寄生的，因此，患者也许自己并不知道已被寄生。有时我真有点幸灾乐祸，因为如果来一次全民彻底大检查，完全可以即时消灭那种寄生虫，正是那些人莫名其妙的想法，使得每周一次的例行检查成为一纸空文，以至于我们这十三组特别行动组的一切努力都成了徒劳。

这时，我看见了那个人。他脸上是一种惊愕和恐惧混合在一起的奇特表情。我刚想说句什么，他忽然向我扑了过来。

这是不正常现象。这人体内的虫卵并未孵化，不然不会通过大门口的探测仪的。这时的人，并没有危险性。只有那些体内食尸鬼已经从蛹中孵化的人,才会像晚期狂犬病患者一样见人就咬，另外几方面的症状也和狂犬病很类似。

我根本没有防备，但严格的训练让我的反应比他快得多。我的右手一把托住他的下巴,他的白白的牙就在我的虎口间合拢,咬了个空。他的双手乱抓着,我把右手向外送了送,叫道:“保安,快按住他。”

忽然,我的臂部微微一痛,两个身强力壮的保安已死死按住他的两只胳膊,他的腿还在拼命蹬着,蹬得化验台上的东西也在乱震。我这时才发现,他在乱抓的时候,把一个针头扎入了我的胳膊!

我的心一下抽紧。如果这是个用过的针头,谁知会不会带有食尸鬼虫卵？但马上我就放心了。

用过的针头都扔进了放在化验台下的一个高能焚烧炉里,立刻烧掉,化验台上的针头都是经过严格消毒的,没有用过,肯定是安全的。我拔下了针头,上面还带着一点血。

我的制服是不透气的,但到底不是铠甲,一根针头还是轻易就扎透了。我撩起臂上的衣服,手臂上一个小小的针孔里,正冒出一滴圆圆的血珠。我挤了一下,用吸管吸了些放在载玻片上，做了个样本，交给在一边的手工化验员："快给我化验一下。"

不管怎么说，绝不能大意。我拔出腰刀，把刀尖贴在那针孔边上，如果化验员说我血液中已有虫卵，我会立刻把那儿的一块肉都剜下来。

那个成凡已经不再踢打了。保安还不敢放开他，危险分子完全可以立刻交给警方消灭，也许，他们也已经把他列为危险分子了吧。可是我知道，他目前脑思维完全正常，他要咬人，不过是一时神经有点错乱吧。

"一切正常。"

化验员抬起头看看我，我不由松了一口气。

那个成凡不再挣扎，坐在地上抽抽搭搭地哭。每一次申请都会在中央计算机里留下基因信号，他以后别想再出去了。可是，尽管他差点要了我的命，不知为什么，我却没法恨他。我走出化验台，走到他身边，蹲了下来："想开点吧，就当一切都是天注定的。"

他抬起头，笔挺的西装已经一塌糊涂："对不起，我妈得了重病，我一定要回去看她。"

我沉吟着。每个人都有这种或那种的理由，可是，规定却是死的，绝不能变通。局长告诉我，一定不能弄错一个。

“这样吧，我再给你化验一个血液样本，再给你用人工看一看。”

他一把握住我的手，想站起来，那两个保安还是死死摁住他，我说：“放开他吧。”

我带他到化验台前，那两个保安跟了过来，一左一右地夹着他。正在排队的下一个道：“喂，有完没完，我都等了半天了。”

人太多，每个取样的窗口都挤满了人，我这儿本来就还有不少人，因为闹了这么件事，新来的不再排了，可已经快轮到的人却不肯走开。我赔笑道：“请不要着急，很快。”

成凡撩起左袖，我在他另一只手臂上取了二十毫升血，又做了个血液样本，一边安慰他道：“机器并不是很准确，说不定会出错。”

“不会错的。”他的眼里充满了绝望，却还带着一点明知不可能还想再试试的希望。我能对他说什么？说他可能属于机器出错的百分之零点零四吗？我只能对他说：“希望机器出错了。机器也会出错的。”

这样的话，连我自己也觉得虚伪。

这里，第二次化验结果出来了。化验员没说什么，递给我一张化验单。

每立方厘米血液中检验出虫卵十二个。

这个数字并不多，如果是以前的，老计和他的同事们研究出的疫苗可以治好。可是，现在这个数字没什么意义，就算每立方厘米只有一个，患者一样是被判死刑了。

他听到这个结果，眼里亮了："可医治的极限数字是每立方厘米五十个吧？"

"是。"我不敢跟他说，这个数字已经作废了。

"那我还能治好？"他的兴奋很真诚，"谢谢你，谢谢你。"

"什么时候都不要放弃希望。"送他出去时，我言不由衷地说。

看着他的背影，我的心头一阵颤抖。欺骗是什么？古代一个哲人说，欺骗如果是善意的，那比恶意的实话要好。可是，一个空幻的希望，又有什么用？"什么时候都不要放弃希望"吗？可是，当没有希望时还要人抱有希望，那只是种残忍。

回到检验台前，我开始给下一个抽血。

检验处的人,二十四小时不断,分为三班。我这一班到下午五点就到点了,本来检验处的人都实行军事化管制,每个人都有宿舍,但我是第一天报到,还没分配给我。

回去的时候,看着街上变得空空荡荡,我心里一阵阵地凄楚。说不上那是什么,事不临头时总是很达观地想,天塌下来砸的也不是我一个,可是真正碰到这种事时,每个人还是惊恐万状。

生命,毕竟还是最宝贵的。

路过一个正在大甩卖的小店前,我用几乎白捡的价钱买了两瓶酒。我想去看看局长,我贪杯的毛病,是跟局长学的。工作后,我一个人住,好久没去他的住处了,可毕竟他是我的养父。

街上到处都在大甩卖,到处也一样的卖多买少,几乎每一个人都已经开始绝望了吧。我有点不祥地联想到沉船。记得局长在我小时候跟我讲过一个故事,别的都记不得了,只记得他说赤字,船将沉时,船上的鼠会早于人感知,争先恐后地逃命,即使是跳下水也在所不惜。那些扛着大包小包的人,也让我联想到那群老鼠。

局长的住宅在城西,那是一片高层人物的住宅,我在那时度过了生命中最难受的十二年，整日忍受那些趾高气扬的大小人物们的眼神，也让我过早地敏感。

门房还没走，盘问了我许久，才让我进院子。他一定不再记得，许多年前那个老是因为可笑的自尊而和一大群养尊处优的高干子弟打架的少年了。他感到奇怪的也许只是居然有人送礼只送两瓶酒吧。

局长住的也只是一幢公寓楼。要住独门独户，他的级别也不够，不过近二百平方米的大房子，在寸土如金的时代，也不是常人所能想象的。我按响了对讲门铃，可是没人回答。

局长睡下了？

我看看楼上。他那间屋子的灯亮着，一定在啊。我又按了下门铃。等了半天，却听得有人嗵嗵地跑下楼来，有个穿着风衣，戴着大帽子像做贼一样的人走出来。当然，我不至于傻到真会以为那是个在平民公寓里常见的“白闯”。大概，那是个为了早日得到出境证而来送礼的人吧，只不过，羞耻之心未泯。

他推开门，匆匆地走了，走过我身边时似乎顿了顿，我没在意。我拉住门，又按了下门铃。尽管我有房门钥匙,可礼貌总得有吧。

还是没人回应。

我心中有了种不祥的预感。局长不是个颟顸的人,如果听到了,早就该回答了。难道会……

我冲上了楼。

局长住在四楼。我在门上敲了敲,还是没人回答。我摸出钥匙,刚插进匙孔,鼻端突然闻到一股淡淡的火药味。

出事了!

门一开,像是证明我的预感,我看见局长倒在地上,胸口,是一摊鲜血。

我把酒放在地上,直奔过去,抱起他的头,叫道:“出什么事了?”

他的瞳孔已经扩散。似乎想说什么,可是,什么话也说不上来。

“谁,是谁干的?”

我毫不羞耻地叫着。尽管我一向只当他是我的养育人,现在,却觉得他的确是我的父亲,是我的恩人。

他没有回答我。我也知道,这一枪正中他的心脏,他几乎是毫无痛苦地死去的,凶手一定是个受过严格训练的人，以我受过的那点半吊子军事训练，也看得出那人开枪时，手非常稳，一枪命中左胸。

忽然，边上一间紧闭着门的屋内，发出了点响动。我的心头一下燃起了怒火。我摸了摸裤腰上的火焰枪，尽管那并不是一把真枪，在射程内，也足以要人的命。

我走到门边，握住门把手。门反锁了，我扭了两下，门没开，退后几步，猛地上前，一脚踹去。

门开了，随着门开，一个面无人色的老妇人发出了尖叫。

那是局长请的保姆。

我有点失望，忽然，门外已经拥进了两个五大三粗的保安。

“什么事？”一个保安道。

我刚想说，那个保姆尖叫着道：“他……他杀了先生！”

我吃了一惊，但马上发现，我手上握着一把手枪，还一脚踢开了门，确实像个凶手，如果换个角度，我也会认为这么个人是凶手。我刚想解释，那两个保安取出了警棍，道：“把枪放下！”

我迟疑了一下，一个保安猛地冲上前，一棍向我打来。我本能地用手一挡,只觉手腕处钻心地疼,可能他打断了我的手腕,火焰枪一下掉到地上。我左手刚握住被打的右手腕,那个保安又是一棍,“啪”一声响,那个探测器被打得粉碎,碎玻璃、小螺丝之类,一下嵌入我的皮肉中。还不等我叫出声来,后脑勺儿又被重重打了一下。

警察局局长把火焰枪还给我,道:“手腕不要紧吧?”

我试了试,虽然还疼,却只是因为缠着绷带有点不灵便,其余的没什么不正常。我收好火焰枪,道:“局长为什么被杀?”

“现在还不知道。”他端过两杯茶,自己喝了一口,道,“现在是非常时期,公检法也彻底瘫痪了,犯罪率如果调查一下,一定几十倍于以前。唉,也没法,警察已经走了一半,现在只能维持一下最基本的治安。”

我猛地站起来:“难道,局长的死,只能是个无头案了?”

他没有看我,只是喝着茶,半晌才道:“的确如此。”

“那个保姆怎么说?”

他苦笑了一下:“她一口咬定你就是凶手。事实上,她说凶手先和老于说了半天话，后来还争吵起来,忽然,那人拔出枪来就是一枪,而她从头到尾都只是躲在自己房里，只是听到枪声才从钥匙孔里向外张望了一下。”

我喝了口茶,道:“她看见了什么？”

“她说就是你的背影。”他喝了口茶,“她一口咬定,那个持枪的人就是你,太肯定了,甚至说你就一直站那儿,直到踢开门想进来杀她。要不是我检查了你的枪,我真要信她了。”

我有点绝望地道:“难道,没别的线索了？”

“没有了。”

看着我那副绝望的表情,他拍了拍我的肩,道:“老于和我是几十年的老朋友,你也是我看着长大的,你的心情我理解。只是……”

“我知道了。”我打断了他的话,根本没有顾及礼貌不礼貌。他道:“检验处你也别去了,快走吧,我给你开张签证,明天你做个检查就走。”

走出警察局,我的泪水再按耐不住地直往外流淌。

天空中,星光闪烁,不时有几颗流星划破天空,也仿佛泪水。我从口袋里摸出了那张纸条,细细地撕得粉碎,对着风撒去,看着那些碎纸片飞得到处都是,又渐渐地落在地上,像一群受伤的飞蛾。

沿着路,我独自走着。摸了摸口袋,里面还有一包烟。我摸出了一根,点着了,让辛辣的气体充满我的肺部,又长长地吁了一口气,把那些烟气全吐出来,如果这样可以让我忘掉痛苦的话。路边,一家快打烊的店里,正放着很久以前的一首英文老歌 *Take My Breath Away*,那是一部很久以前的美国电影里的插曲,也许店老板不知道这歌的名字是那么晦气吧,放得欢天喜地的,天旋地转。每个人都忙着整理东西,争取用最少的重量带走最值钱的东西。每一个人想的,也只是尽快离开。

据说,船上的老鼠在沉船前,会争先恐后地离开船只,哪怕四周是茫茫大海。或许,人和老鼠,也并没有本质的不同。

当烟嘴里吸进来的烟变得灼热了,我把烟头扔在地上,用脚踩灭。这时,我才发现,我又来到了局门口。大门紧闭着,局里竟然还开着灯。

“啊,你也来了。”

我回头，她正提着一个饭盒，站在我身后。我道："你还上班？"

"我爸还在实验室干活，我给他送饭。"

"老计还没走？"

她点了点头，道："我爸说，他还想找找变种食尸鬼的对症药。"

"还有人在局里吗？"

她的脸有点阴沉，道："一个局里，就我们两个了……对了，还有古文辉。柯祥一开始来过几次，现在好久没来了。"

大概古文辉体内的食尸鬼还没孵化，他被放在实验室的隔离罩中，尽管没死，不过已经没有知觉。这是他的要求，把自己的身体献出来当实验品。对于这一点，我多少有点敬佩他了，我想如果我处于他的地位，可能不会如此通达。这个同性恋，居然也会如此高尚。

"老计还在吗？我看看他去。"

她掏出钥匙打开大门，我跟她走进去，只有走廊上开了一小排灯，以前那种肃穆已经荡然无存，现在，整幢大楼就像废墟一样，空旷冷清。在走过局长的办公室时，我不由自主地一阵心痛。

物是人非，世间最难堪事，无过于此。

老计的办公室还亮着灯。她推开门，道："爸，有人来看你了。"

老计正坐在一台显微镜前看着，抬头见是我，笑道："你来了？坐，坐。还没走吗？"

"还不走。"我不想告诉他，局长被杀了。

"来，喝酒，喝酒。"

老计贪杯这一点，和我有点像。她在一张小桌子上摊开了一张旧报纸，把拿来的一点熟食和酒放在桌上，自己拿了个小烧杯，给窗台上的一盆植物浇水。老计把杯子给我，自己找了个干净的烧杯，倒了两杯，道："先干一杯吧，就当预祝我成功。我这个女儿，什么都好，就是不肯陪我喝酒。"

我端起杯子，道："老计，你真的不想走吗？"

他呵呵地笑了两声，拈了片猪头肉，道："你还不是一样。"

我端着杯子，眼却看着别处，道："我只是还有事没办完。"我不敢对着他，怕他看到我眼底的泪光。

"说这些做什么，先喝酒吧。"他喝了口酒，道，"你要是乐意，来帮帮我吧，实验太烦，现在我也找不到人手。”

我几乎没有考虑,就说:“好。”

我没有后悔,却也不觉得自己有多么了不起。我看了看她,她在一边装着收拾东西,可我也看得出,她的眼里,带着些欣喜,手底也有点手忙脚乱,水都洒到了盆外。

老计的实验实际上也没什么难度,从古文辉身上取得食尸鬼的蛹后,用各种人类已知的抗生素之类进行试验。可是到目前为止,还找不到一种可以有效杀灭食尸鬼的药物。我的任务,也就是帮助老计调配各种匪夷所思的药物。有时想到的东西,要是中世纪欧洲的那些野蛮医生见了,只怕也要摇头,但我们已经没有退路了。

做完一天的实验,毫无进展。我和她告别老计,离开了局里。

街道上,几乎没有人了。深秋的街道,本来就有几分萧条,现在更是显得衰败,到处都是落叶,夹杂着废纸。

她走在我身边,一声也不吭。这些天,她已经完全没有了以前那种英气,纯粹成了一个小女人。不知为什么,我忽然道:“你有没有想过离开?”

她抬起头,有点吃惊地看着我,道:“当然想过。我劝过我爸,做那种事,并不是我们的责任。”

我笑了笑,道:“你那么劝他,他肯定不会听的。”我也明白老计。老计的性格和我有些相像,都是认死理的人,打定了的主意,就再不会改变了。谁知道那是不是个好的脾气,反正,我已经不愿意再改变了。

她看着天,道:“你说,你们的实验有什么成功的可能吗?”

我站住了:“不管怎么说,那已经不是我们个人的事了,那是为了整个人类。”

“是吗?”她有点冷冷地笑了一下。一阵风吹过,一张被撕破了的报纸像一只小狗一样擦着地面滑到我的脚后。

“你不相信?”

“我只是希望你们能够成功。”

她只是深深地叹了口气,加快了步子,向前走去。我看着她的背影,突然感到一阵心酸。

一个年代有一个年代的英雄。如果我做不了这个年代的英雄，那只要无愧于心就是了。我默默地想着，忧郁地摸出口袋里最后一根烟。点着了，烟气吸入肺中，呛得很。

几天过去了，还没有一点进展。

老计和我每天都喝两盅后再像古代炼金的巫师一样想一些匪夷所思的药物。只是，每天的几十次实验都以失败告终，杀死食尸鬼的唯一方法是火焚。而烧死患者防止传染，我们一直这么做，似乎用不着我们花那么大精力去发明。麻烦的是，虽然古文辉在低温下食尸鬼的发育很迟缓，但我们采到的标本中食尸鬼一天比一天大。他可能马上会孵化了。

一旦他孵化了，那么只能毁灭。我们贴出过征求志愿者，也在硕果仅存的电视台里发了一回广告，可患者大概早不看电视了，根本没人应征。我有点怀疑还有一个原因是老计那广告写得太吓人，什么“征求实验对象，保证毫无痛苦”，好像实验对象是要开膛破肚的一样。

广播里又通知了一回，由于城里人口越来越少，检查站不再二十四小时开放，改成早七晚十一。

其实他们也不必多说什么，留下来的，除了患者，只剩下我们三个傻瓜吧。不知城里别的傻瓜还有没有了。

我没把真的傻瓜计算在内。

第二天，我一大早就起来了。起床时，依然阳光明媚，今天是个好天。梦中我又回到了过去，那时特勤局还没有成立，我所服务的，只是一个做些维护治安工作的国家机构，而局长还是那机构的负责人。那时，她刚进局里来，只是一个因为长期营养不良而发育得不太好的女大学生……

为什么想这些？我有点好笑，可是，现在好像经常会回忆起过去。因为局长吧。

我无言地穿戴好，从食品柜里翻出点营养食品，对付着吃了点。这些天，整座城市像一个漏了的浴缸一样，每时每刻都有人像水一样流出去。本来一大早这宿舍区吵得要命，现在却一直安静得甚至有点死寂。

走到离局里还有几十米的街拐角处，远远地看见有个提着皮包的人站在门口。我走近了，有点忐忑不安。体内的食尸鬼孵化后，人会有一段时间的疯狂，因人而异，从两小时到两天。以前早期病人发现后送医院，当不能治疗后送回家由家人看护，到一定的时间由特勤局人道毁灭。现在对患者已完全失控，有时在街上走我都害怕会不会碰到一个已孵化的病人在我后脖子上咬一口。

好在孵化后的人很容易从动作上看得出。由于食尸鬼破坏了神经中枢，患者走路都像喝醉了一样。那人虽然有点失魂落魄的，但动作很平稳，就算是被寄生的也没危险性。只是那人实在很眼熟，可我就是想不起来了。

当我走近他时，那人正好抬起头，我看了看他，吃了一惊，道："柯祥！"

柯祥以前我猜他一定是当零号的，胡子刮得干干净净，衣服一尘不染，说话细声细气。可现在，大概称得上是"男人中的男人"了，衣服也皱巴巴的，胡子好些天没刮了吧，和流浪汉差不多。只是他的脸还是白白净净的，爱修饰的男人，这最后的底线还是守住了。

他也吃了一惊，我们几乎同时说："你没走？"

以前我们几乎没说过话，现在，我发现我其实也并不像内心想的那么讨厌他。我道："你没拿到签证吗？"

他有点失神地说："今天才拿到。下午要走了，我想……我想再看一次文辉。"

他那种含情脉脉的语调以前我听了就想吐，可现在我只觉得那也只是人之常情。也许，那也是种爱情吧，即使我不理解，但我也没权利去取笑别人，毕竟，每个人都有权选择自己的道路。

他有点自嘲地笑了笑，道："你大概在心里笑我吧。"

我不好说什么。尽管还是觉得他的话有点可笑，可还是道："进去吧。"

他有点迟疑，道："阿雯在吗？"

我笑了："当然在，你怕她吗？"

"不是。"他垂下头，"她不让我见文辉。"

我打开门，道："进去吧，我带你去。"

我也看过古文辉，他在低温下一直保持假死状态，在玻璃罩里显得很安详，像睡着了一样，不知她为什么不让柯祥见。

关上门，我领着他走到实验室前。实验室二楼，门正对着大厅。那门没锁上，我们时常要从古文辉身上取一点标本。当然，实际上只是用一个注射器抽取一点血液,没有想象的那么可怕。

柯祥把皮包放在门外,人站在玻璃罩前,像呆了一样看着里面的古文辉。从他眼里淌下了泪水。我没有打扰他,轻轻地退了出去。

掩上门,里面偶尔传来一声抽泣。柯祥在追思过去吧?我下意识地看了看手腕,上面那兼手表用的探测器却早被那两个保安打碎了,什么也没有。

五秒钟数一次,数到一百,总该出来了吧。我想着。

一,二,三……

"你在这里做什么?爸在找你。"

她的声音突然在我耳边响起,我吓了一跳。我数到哪儿了?好像是六十到七十之间。我抬起头,却见她正在楼下。

我趴到栏杆上,小声道:"别那么大声,柯祥在和古文辉做最后的告别。"

"什么?"她的声音大得又吓了我一跳。我道:"是啊,大概,有几分钟了吧,我数到六十几了?"

"快进去看看!"

我这才想起,古文辉已经快孵化了,会不会出什么事?我一把拉开门。

门里，柯祥已经打开了玻璃罩，抱着古文辉坐在实验桌上，古文辉的头枕在他的腿上。看见我进来，他冲我笑了笑。

我走上前去，道："你《王子与睡美人》看多了吗？快把古文辉放回去。"

他没理我，还是抱着古文辉。

我抓住了他，一把将他拖了出来。他像一条小虫子一样在我手下蜷缩着。

"你疯了吗？你知不知道，你会害死这里所有人的。"

柯祥被我抓得喘不过气来。他抬起头，满面泪水，说："我不能看着他被关在那个玻璃罩里，像一只动物。"

我的左手狠狠地抽了他一个耳光。我没有留情，他那白净的脸上，登时出现了五个手指印。他抬起头，看着我，悲哀，痛苦，却没有乞怜。

我推开他，想到控制台前重新关上强化玻璃罩。趁着古文辉体内的虫卵没有孵化，现在还来得及。

"不要动！"

柯祥在一边喊道，他的手里拿着一把火焰枪。我没有理他，伸手要去扳那个开关，突然，一道火光掠过我身边，我的手臂只觉得一阵刺痛，一下缩了回来。

火焰枪是利用一种高能可燃气体来发射火焰的。因为对付那些虫子，平常的子弹没什么用，而火焰枪可以在两米以内射穿一块两厘米的钢板，是很好用的武器，用它来对付人却并不太好。柯祥这一枪没有对着我开，但余热还是使得我的右臂肘部的衣服燎掉一块，皮肤上起了不少水泡。

"快让开，我会开枪的！"

柯祥跑了过来，枪口仍然对着我。

"浑蛋！你难道要把我们全害死吗？快听我的，把他关起来，趁他还没孵化。"

"然后呢？等你们把他研究完了，就把他当成一堆废物，烧成灰烬。"

我努力让自己不要发作，道："你把他放出来，难道他就有救了？"

"我不管，"他的眼里，泪水大颗大颗地流出来，"反正我不能让他再关回那个玻璃罩里。"

这时，我看见实验室的门口出现了她的身影。她有点焦虑地看着我，我不为人察觉地向她点了点头，她也点点头。

火焰枪射程不远，但从门口射过来足够了。我看见她掏出了火焰枪，对着正背着她的柯祥。

可是，不知为什么，我看见她的手在发抖，一直没有开枪。

这时，本来平躺着的古文辉嘴里发出了低低的一声，柯祥欣喜若狂，把枪别到腰间，在实验桌前弯下腰去，看着古文辉的脸，

“文辉，文辉，我是阿祥啊，是我啊，你还认识我吗？说句话吧！”

他乱叫着。我的手摸着枪。这是个好机会，他全无防备，我开枪的话，可以在半秒钟里把他的脑袋烧成焦炭。可是我却实在下不了手。毕竟，柯祥还是个正常人。尽管我已不把患者当人，可杀人，我还是做不到。

古文辉的嘴里突然发出了不像人类的惨叫。他的头抬起了两三寸，从他嘴里喷出来的不是血，净是白色的小虫子，喷得满身都是，蠕蠕而动。

我一把抓住他的肩，道：“小心，他孵化了！”

由于温度升高，古文辉的孵化提前了。

柯祥哭叫道：“文辉！”他不知哪里来的力气，一下

子挣脱了我的手，向古文辉跑去。

我浑身像浸在冰水里，一动也不能动。柯祥跑近古文辉身边，哭喊着："文辉！文辉！你能听见我说话吗？"

古文辉的双手举了起来，伸向自己的眼睛。由于他体内的食尸鬼比正常孵化时数量不知多了多少倍，在他的眼睛里，一段白白的东西正拼命挤出来，血和脑浆混在一起从眼眶里往下滴。柯祥张开手，似乎想要揽住古文辉，却又不敢。我退到门边，对柯祥叫道："笨蛋！他体内的虫卵已经孵化了，快跑出来！"

不知他有没有听到我的喊声，我不见他有动作，古文辉却发出一声撕心裂肺的惨叫，抱住了头，可是整个头像熟透了的苹果一样掉了下来，倒好像他把自己的头摘下来一样。他的身体就像个没扎上口的口袋，一下倒在地上。脖子处，已是一个空洞，从里面像倒出水一样，一大堆白色的蛆虫直喷了出来。柯祥没有躲闪，被劈头盖脸地浇了个透，他嘴里恐惧至极地叫着，两手在脸上乱挥。

不，我的心像被针刺了一下。那不是在挥，而是在拔！

他的手，抓着脸上的虫子，而那些小虫子却像钻进豆腐的泥鳅一样，直钻进他的皮肉里，就算他拔出一条，另一条又钻了进去，一张脸上，马上和正在忙碌的蜂巢一样。那些虫子不只是钻进去，还有些从里面钻出来，在脸上游走。他的脸一下子千疮百孔。

她在我身后发出了尖叫。

女人，总是女人。

柯祥转过头，张开已经变得破碎不堪的嘴，不清楚地说："救……救我！"

他的嘴唇已经只剩了两层皮肤，两颊上，满是孔洞，血却流不出太多，那些虫子钻得非常快，一些在他的皮肤下穿行，从下巴直到脖子，他的皮肤上一些小小的鼓包在很快地移动。他的手在拼命摸着腰上的火焰枪，由于食尸鬼已经穿透了他的脑部，他的神经也已反应迟钝，摸了几次都只是摸个空。终于，他拔出了枪，对准自己的头。

这时，那些蛆虫一样的食尸鬼在枪上爬得到处都是，水一样掉下来，有一些开始向我爬过来。我不忍再看，扭头关上了门。

实验室的门密封性能很好，可是也隔不了热。我几乎一样感到门板开始发烫。

她掩着脸,在那儿抽泣着。我拍拍她的肩,道:“走吧,老计在等我们呢。”

回到老计的办公室，他正坐在桌前聚精会神地看着一份内部资料。看见我们进来,他抬头道:“怎么了,怎么这么吵？”

我看了看她,她没说话,我道:“柯祥来过了。”

老计的脸略略抽动了一下，对她道:“你为什么放他进来？古文辉自己交代过,他太容易冲动,不能让他来的。”

我道:“不关她的事,是我带他进来的。”

老计站起身,道:“他走了吗？”

我叹了口气,道:“死了。他殉情了。”

老计一点也没体会到我话语中的幽默感，道:“那么古文辉呢？”

我一下回过神来，有点过意不去地道:“他的尸体已经被我烧了。”

“烧了？”老计站起身,冲到我跟前,一把揪住我的胸口,“你知不知道,他是个最好的实验对象,我的实验怎么办？”

没想到精干巴瘦的老计力气会这么大，他抓着我时，我一动也动不了。她在一边道："爸，你别怪他，柯祥疯了一样要把古文辉放出来，那时古文辉已经孵化了，如果不烧了他，那些食尸鬼会马上感染我们的。"

老计放开了我，像一下子苍老了十岁。我道："要不，我们再征求一个志愿者吧……"

老计看着我，脸上满是嘲讽："也许等我感染了你拿我来做实验吧。烧得怎么样了？"后一句是跟她说的。我道："烧起来后我们没有去看过。"

老计像没听到一样，还是对着她，她看了看我，小声道："门还关着，我们怕还有食尸鬼没死，没去看过。"

老计走出门去，我和她跟在老计身后，有种无颜以对的惭愧。毕竟，虽然我不知道古文辉有那遗言，但毕竟是我放他进来的。总不能用不知者不罪来搪塞吧。

二楼的实验室门口，还在散发着热气。实验室因为要化验食尸鬼样品，局长怕出意外，特意让人加工过，密封性很好，很耐热，食尸鬼只有用高温才能杀灭，柯祥虽然用火焰枪烧过，对屋子也没什么损伤。老计打开门外的加热开关，实验室本身也安装了加热装置，可以在瞬间加热到五百摄氏度的高温，防备有哪条食尸鬼漏网。等了一会儿，老计关掉开关，道：“阿雯，开门时你守着点。”

她拔出火焰枪来，我见她的手有点发抖，道：“我来吧。”

里面的样子肯定不会好看的。老计却没理我，见她还是有点迟疑不前，便厉声道：“快点，要是里面还有食尸鬼，千万不能放过。”

我有点生气，但还是拔出枪来，站在门的另一边。看着她，她的嘴唇都有些发白。

她实在不该做这种事。

我正胡思乱想着，门开了。随着一股热气，随之是一阵焦臭，她的头直直地对着我，根本不敢向里看。老计却已走了进去。

我探过头。里面，倒没有想象的那么一片狼藉。地上，食尸鬼在一百摄氏度就已经死亡，五百度高温，都已经成了焦炭了，地上到处都是黑点。恐怖的只是地上那两具焦黑的尸骸。古文辉的尸体本就已不成样子了，而柯祥的尸体上，只有上半身的衣物被烧得黑黑一片，下半身只沾染了些食尸鬼的焦尸痕迹。只是本来放在实验桌前的记录数据也被烧得只剩下一些碎纸了。

老计戴上了手套,取出一根合金的小棍子,在那堆灰黑色的遗骸中翻着。看着他那副样子,我真有点佩服他的胆量,却也更觉得内疚。

我道:“老计,我很抱歉……”

蹲在地上的老计看了看我,道:“别说这话了,请你还是走吧。”

我被他这一句噎得说不出话来,把火焰枪往腰上皮套里一插,扭头便走。她在我身后叫着:“等等……”

老计喝道:“这种沉不住气的人,别叫他。”

我没有回头,只听得她小声地埋怨着老计。

如果她追上来,我会留下来的。我想。

可是,她没有追上来。

我走出大门。街上,已经快一个月没有清洁工来打扫了,废纸垃圾到处都是。幸好人也大多离开了,如果还像以前那样有那么多人,弄得这么脏一定会爆发瘟疫的吧。我走出大门时,多少有点留恋地想回头看,可还是没有回头。

街上,很少有人走过。能走的都走了,等着离开的,想必除了万不得已不会上街来的。现在,在街上大模大样走的人,可能大多是感染者。

我低着头，只是走着。我并不害怕那些感染者了。说来也好笑，当我们还在到处寻找感染者时，那些被感染的往往都像是怪异而恐怖，可现在看看，倒也没什么两样，只是比普通人看上去更脆弱，更憔悴。如果我感染上了，大概也不过那么一回事吧。

我走了一段路，忽然又听到了那首 *Top Gun* 的主题曲。还是那家店里吧，那种有点煽情的歌声，听起来也那么具有讽刺味。

我站住了。眼前的一切都像死了一样，除了那首歌，就只剩下风声了。我下意识地摸了摸口袋，烟早就没了。还有什么地方可以买烟吗？我有点茫然地看看四周。

除了那个正放着歌的小酒店。

我走过去，门虚掩着，透过玻璃门，看得到几个人正在喝酒。吧台上，有个人正在调酒，柜台上的一个玻璃柜里还放着几包烟。

那景象倒和以前没什么两样，除了那些喝酒的人，每个人的脸上，不是麻木就是绝望。

我走到吧台前，道："请给我一包烟。"

那调酒师正摇着酒，道："自己拿吧。三十元。"

这时候还要钱，而且卖得那么贵，我也有点想不到。我摸摸口袋,这些天都没有用钱的习惯了。幸好,口袋里还有一些钱,我数了三十元,抓了一包烟,撕开包装,用食指一弹烟盒的底部,一支烟跳了出来。

这时,一个已喝得醉醺醺的人走过来,在吧台上扔了一张纸币,道:“再来一杯吧。”

那调酒师灵巧地收好钱，倒了一杯酒道:“给您的酒。”

我倚在吧台上,点着了烟,吸了一口,笑道:“你还要钱来做什么？”

他看了看我,道:“钱可以买东西啊。”

“你还有机会可以买东西吗？”

他的手还在摇着那两个不锈钢罐子，道:“我没有机会了,可我的妻子和孩子还可以。”

他看着吧台里,嵌在墙上的一帧小照片。上面,一男一女和一个男孩子,笑得灿烂。背后是阳光和草地,繁花似锦。

“他们都出去了。”他像有点爱不释手地摇着手里的罐子,“前些天还打电话进来,告诉我外面很好,让我不用担心。这些钱我不能用,但却可以让我的妻子和孩子过上好一阵子了。人总要死的，就算我马上要死了，可我还得养家糊口。何况现在我还没死，还是个商人，你说是吗？”

我吐了一口烟雾。他的神情安详而坦然，倒好像在谈论什么与己无关的事。我道：“也许你是对的吧。”

这时，有个喝得已有醉意的汉子叫道：“老板，再来一瓶，五十六度的。”

走出那酒店，我有点茫然。生死于人，本来也是常事吧，可看得像那酒店老板那么开的倒也少见。

走到桥上，桥下，流水汤汤，一张落叶正飘下来，擦着水面掠过一阵，又像被吸住了一样贴在水面上，顺水流去。这条河本来被污染得很厉害，淤泥积得几乎要堵塞河道。这些天来，水量倒增加了。我把烟头扔进河里，又摸出一支烟，刚凑到嘴边，忽然肩头被撞了一下，那支烟也掉在地上。我扭头一看，是个醉醺醺的流浪汉，手上拎了一瓶酒。他见我看了他一眼，瞪大了眼，道：“看什么看，我是感染者。”

我有点本能地想要摸火焰枪，可是马上放下了手，叹了口气，道：“我还没被感染，对不起。”

这话可能让他也有点奇怪，道："什么？"忽然，他叫道："哈，是你啊。不去那检验处上班了？"

"早不去了。"我看了看他，但实在认不出来，道，"你是哪一位啊，恕我眼拙。"

"我是成凡。"

"成……凡？"我依稀记得前些天那个被我查出感染了食尸鬼的不幸的人。不错，他穿的还是那件衣服。才没几天，他身上那身西装也肮脏得像从垃圾箱里捡来的。

"你验得没错，"他向我露齿一笑，却又那么凄楚，"就这几天，我血液内的虫卵数量，已经达到了每立方厘米一百三十个。"

我不知说些什么好。古文辉和柯祥的死，我并没有太多感慨，但这个人明明知道自己要死了，却偏偏像个自暴自弃的醉汉一样在街头晃荡，却更让我不安。

"你为什么不到那个检验处去了？"

我只是苦笑，道："我只去了一天，前些日子我在老单位里。昨天，我又和以前的同事吵了一架。"

"为了什么？"

"他在研究解药，结果那个实验对象的朋友自作多情来救他，弄得一团糟。实验的对象没了，资料也烧得差不多，他心情不好，怪我了。”

成凡忽然道：“不能补救吗？”

我叹了口气，道：“实验对象都没了，实验怎么继续？谁也不肯在没死前把自己的身体捐出来做实验，等孵化后你不知道了，又没法实验了。”

“我肯的。”

我以为自己听错了，看着他。只见成凡一张已经又脏又瘦的脸正对着我。我道：“你要想清楚，做实验时，你是清醒的，却不能动。你要忍受极大的痛苦，能行吗？”

他把手里的酒瓶扔进河里。河水汤汤，发出恶臭。他道：“我妈昨天去世了。”

在他的眼里，滴下了一滴泪水。我有点抱歉地说：“对不起。”

“没什么对不起的，”他擦了擦眼，“我想通了，反正迟早要死，如果用我的身体能做出解药来，那么也是值得的。”

我看着他，心头一阵的激动。

我领着成凡回到局里。实验室的门开着，看得到老计在里面。我领着他走上楼，兴高采烈地说："老计，我给你带来了个病人。"

老计正在拼凑几张烧得焦黄的纸片，抬头看了看我，道："什么？"

"这位成凡先生是个早期感染者。他自愿做实验对象。"

老计一下站起来，有点激动地说："是吗？成先生，你可是人类的功臣啊！来，我还有一个备用实验室。"

这时，我看见她出现在门口，脸上有点喜色。也许，我这手将功赎罪做得很漂亮，我几乎要向她比画一个"V"字形了。

老计领着他走到另一间实验室里。这实验室比被我毁掉的那间要简陋得多，我也有点理解老计为什么会发那么大火了。老计掀开了实验室中间床位的玻璃罩，道："睡上去吧。"

成凡躺到床上，有点惴惴地道："不会很痛苦吧？"

"如果你的意识清醒的话，那种痛苦和恐怖没有一个人受得了的。我会让人吸上十分钟一氧化碳，你就会脑死亡，那就不会再有知觉了。"

“什么？煤气？”

成凡像被蛇咬了一口一样，坐了起来。我在一边道：“成凡，反正你的生命也没有多久了，贡献出来，如果解药能成，全世界都会感谢你的。”

他看了看床上的一根输气管，打了个寒战，道：“我想……我还是不要……”

我有点恼火，道：“成凡，你怎么婆婆妈妈的？在外面你大义凛然，我还被你感动了。事到临头又怕了吗？”

他转过头，看了看我，哭丧着脸道：“可是，你没说要煤气中毒死掉……”

老计在一边道：“那只是脑死亡，你一点痛苦也没有的。”

“你又没死过……”

我有点不耐烦了，掏出火焰枪来喝道：“懦夫！拿出点男人的勇气来，别三分钟热度，给我躺好。”

成凡看看我手中的枪，哭丧着脸要躺下。忽然，实验室的门被敲了敲，我扭头看了看，她站在门口，脸也有点扭曲，见我转过头来，她的左手按住我的枪，右手重重打了我一个耳光，一下下了我的枪，扭头对成凡道：“对不起，成先生，你不愿意，那是你的自由，请你走吧。”

我捂着脸，看着成凡猥猥琐琐地走出去。等他一走,我喝道:“你为什么放他走？”

她瞪着我和老计,脸涨得通红,骂道:“无耻！你们这种做法,就算做出解药来,你们心里难道不惭愧吗？”

老计虽然是她父亲,却让她说得头都低了。我道:“可是,这本来就是他自己愿意的,我又没强迫他,谁叫他反悔。”

“他有自愿的权利,那也就可以反悔。”

“可他是感染者,没多少时间好活了……”

“就算只有一天好活,他也是人,不是实验用的豚鼠！你有做一个英雄的权利,可他也有不做一个英雄的权利！”

这话像铁块一样砸在我头上。我有点怔怔地看着她,好像不认识一样。

她把手里的枪放到我手上,扭头走了出去。

半晌,我觉得一只手放到我肩上。我回过头去,却是老计。他叹了口气,道:“对不起,刚才我很失礼。”

“没什么。”我有点心不在焉地回答,心里却还是她那句话给我的震惊。从小受到的教育都告诉我,在非常时刻,我应该挺身而出,堂堂正正地做一个英雄,从来也没想到过,一个人事实上也可以逃避,那并不是过错!而对旁人的逃避妄加指责,那才是犯罪。

离开局里,我跟在她身后。

以前我都以为我比她高出一筹,但现在我却觉得自己好像是在她的阴影里。

“走那么慢做什么?”她站住了,看着我。我走快了几步,走到她身边。

“对不起。”

她低着头,又像以前一样,小声地说着。我摸了摸脸,笑了笑,道:“那不算什么。”我倒没说,从小到大,我没被人打过几次。局长从不打我,第一次被人打耳光还是十五岁那年一位市领导的公子骂我是野种,而局长是哈巴狗。那个耳光给他换来了左臂骨折,也害得局长从那以后一直没再升迁。

走过那家酒店,这回橱窗里放了一台电视机,里面正播放着新闻。某地粮食丰收,某地开展赈灾,某地又召开了一个国际性会议云云。那些以前十分熟识的地名,现在听来,恍若另一个星球上的事。

“明天，我们都走吧。”

我迟疑了一下，道：“老计大概不会同意吧。”

她没说什么，只是抬头看了看天。碧蓝的天空，除了几缕因为斜阳变得五颜六色的云彩，什么也没有。天空也依然安详而宁静。

“据天文台预报，下周三将出现狮子座流星雨。这种天文景观难得一见……”

电视机里，那个正襟危坐的女播音员正面无表情地播报着一条新闻。这条新闻虽然并不是为这个地方的人播送的，可这儿一样看得到。

街上，空空荡荡，见不到几个人。能走的，都走了，暂时还没走的，也多半不敢上街，到处都有被寄生的人。说也可笑，当人们如临大敌时，被寄生的人一旦知道自己被寄生，就惶惶不可终日，而现在，更多的是今朝有酒今朝醉吧，那些体内食尸鬼尚未孵化的人多半在酒馆喝酒。我跟着她，不敢离得太远，也不敢靠得太近。

她站在酒店门口，看着橱窗里的电视。现在电视里正播放一些以前的流星雨照片，美得不太真实。在一片宝蓝的天空里，星陨如雨，有如一场焰火。

我看着她,道:“你很喜欢流星?”

她只是从鼻子里“嗯”了一声。我笑道:“如果我们走得早,还可以无心无事地看看那场流星雨。”

我虽然是带着笑说的,但实在希望她能够给我一个好好的回答,可是她却像没听见,脸还是对着那电视机。我有点讪讪地笑了,像是对自己的嘲弄,却也多少有点自怜。

天不知不觉地暗了下来。我看见她回过头,在黑暗中,她的眼睛亮亮的,发光,电视机里的光让她的脸也一明一亮,象牙色的皮肤好像也有光泽。

第二天,我一大早就到局里。古文辉上一次抽取的样品只能再做两次实验。如果没有实验者,那我们的工作就毫无意义了。

老计还在埋头干着,我看看四周,她不在。我道:“老计,阿雯哪里去了?”

他停下了手里的工作,道:“她去征求志愿者去了。”

我吃了一惊,道:“什么?她去哪儿了?你为什么不让我和她一块儿去?”

他看看我,没说什么,只是道:“她要自己去。”

也许他还对我烧掉了古文辉耿耿于怀吧，也许认为我是个成事不足败事有余的人。我不管那些了,大声道:“老计,你知不知道,现在这城市里已经是患者占绝大多数,万一她出了什么事该怎么办？”

他又低下头，在一张纸上计算什么，道:“不会的吧。”

我有点焦急。这时,却听得大门口有人在拼命敲打着门。那种敲门声绝不会是她的，这连老计也听出来了,他抬起头看了看我,我却没他那么沉得住气,飞快地向大门口跑去。

大门口有个小窗子,我打开那小窗看了看,却见那窗子里有一张男人的脸,他有点局促不安地说:“请问,这里是特勤局吗？”

“以前是。”我道,“你有什么事吗？”

这男人忽然道:“你是那回来我家执行任务的那位先生吧？”

我根本记不清他是谁了,道:“你有什么事吗？”

他让开了一点,嘴里道:“是这样的……”

他不用说什么,我已经打开了大门。

在他身后的一辆磁悬浮汽车上，她像昏死过去一样,半躺在车座上。

我几乎是冲出门去,跑到小车前,摇了摇她的头,道:“快醒醒！快醒醒！”

像是回答我,我才发现,她的手腕上,那探测器的红灯正闪亮着,一闪,一闪。在她的手背上,有一个刚被咬破的伤口,还在流血。

她被感染了！被食尸鬼感染的初期,有一段时间很嗜睡,那正是第一种症状。

我转过身,猛地揪住那男人的胸口,喝道:“这是怎么回事？谁感染她的？”

那男人像是一只小老鼠一样,尖声叫道:“不是我！不是我！”

“那是谁？”

我只觉身上的血都似乎要燃烧，一种杀人的欲望充溢在心头。那男人的脸满是苦色,半晌才道:“是我儿子。”

我一把抽出火焰枪，指着他的头道:“把你儿子叫出来！不然,我把你的头烧焦！”

那男人像是要哭出来一样，从那辆小车后座走下一个怯生生的男孩。不用探测器，我也看得出，他已经被感染好几天了，恐怕再过几天就会孵化。

没有孵化的病人也会感染人吗？我没有考虑，把枪对准了那男孩，他的脸本就惨白得没什么血色，现在更是面色如土，喊道：“爸爸！爸爸！”

那男人还没说什么，她忽然动了动，我冲到车前，猛地一脚，把那男孩踢到一边。这一脚够他受的，他嘴角也一下咳出了血来。我扶住她的头，道：“怎么样？怎么样？”

她抬起头，看见了我，笑了笑，道：“别怪那小男孩，让他们走吧。”

我扭头看了看，那小男孩正挣扎着爬起来，而那男人还站在一边动也不动。我强压住心头的怒气，道：“好吧，我扶你出来。”

扶着她进门，那男人还在门口欲言又止，我喝道：“快滚，趁我没变主意！”

那男人怔了怔，道：“我很对不起。”他扶起地上的男孩，慈爱地抱起他放进车后座。

我忽然想起来了，他就是邓宝玲的丈夫！自从邓宝玲走后，他的样子一下子憔悴了许多，怪不得我都认不出来了。

我转过身,道:“喂,你儿子已经被感染了,你尽量少和他接触。”

那男人抬起头,苦笑着,道:“那是我儿子。”

他钻进车,发动汽车,开走了。我抱着她,她的头发有几绺搭在我手上,痒痒的,她却像睡着了一样,动也不动。在我怀里,她像睡着了发魇似的,突然小声地咕哝了一句:“别拿我做实验,我怕!”

我看着她的侧脸,第一次发现,原来她真的那么美丽,就算担忧和恐惧,只是让她更加楚楚动人。

如果那是永恒的,那就让永恒永远是永恒吧,下一刻永远不要来临。

我想着,眼里已满是泪水。

我抱着她,一脚踢开门,喊道:“老计!老计!”

老计从房里跑了出来。一见我抱着她,他的脸色也变了,还没说什么,我叫道:“快!她感染的时间还不久,能有救吗?”

老计撩起她的袖子看了看,道:“是外伤引起的,大约半小时,食尸鬼还没有开始分裂。”

我一喜,道:“那么,全身换血还可以救她?”

老计突然抱住头，痛哭道："我真浑！我非要留在这儿，现在这市里哪儿还有医院！"

我道："别灰心，检查站里一定有库存血的。如果不行的话，直接用超音速飞机送她去邻市，不过十分钟路程。"

老计的眼里亮了起来。我抱起她，吼道："快！快把车开出来！"

老计没有在意我那么对他吼叫，飞快地从车库里开出一辆车来。我抱着她上了车，老计也钻进车，道："我来扶着她吧。"

我把她放在边上的座位上，老计扶着她，我不要命地把车倒出大门，一下子开到了最高挡。

这车并不很先进，最高只能开到三百码。我在一出大门，马上换挡，这车吼叫一声，指针马上跳到了最高。老计在一边叫道："快点！快点！"

快点的话，我们三个全要成肉泥了。我心里说着，嘴上却没说。我也希望能更快一些。

我们的车离检查站还有好几百米时，那检查站里忽然发出了一个很大的声音："7322号车主，马上减速，否则我们将采取行动。"

我一时还不明白，一道紫光从车窗边掠过，一下把车镜都打掉了。我吓了一跳，马上明白，检查站一定把我们当成是疯狂冲击的暴徒了。曾经有过先例，有个被检查出体内带有食尸鬼的病人被拒绝出境后，开了一辆汽车撞向检查站。那一次，那车被驻守在检查站的军队在离检查站还有二百米远的地方打得千疮百孔，而那个亡命之徒是被人从车里一块块拿出来的。

我把车速降了下来，打开左窗，把一只手伸出去，胡乱晃着，嘴里喊道："别开枪！我们没有恶意！"

那声音顿了顿，道："请立即下车，不得靠近检查站二百米以内。"

那二百米外，已画了条白线。我停了车，道："老计，帮帮我。"

一下车，老计刚把她抱下来，我马上背着她，发疯似的向检查站奔去。在门口，五六个全副武装的士兵把激光枪对准我，检查站里那声音还在道："请马上放下你背上的东西，慢慢走进来。"

东西？我有点生气，冲着大门口喊："什么东西，你们看清了，这是个人！"

那几个士兵还是指着我。那声音道："那么……进来吧。”

我背着她走过检查大厅。两个星期以前，我曾经在这儿工作过，现在却作为一个申请出境者来了。门口，看得到以前拉着电网的地方，都挖了一条又深又长的壕沟，外面不时有人在巡逻。一进门，那探测器一下铃声大作，这使得那几个士兵更如临大敌。他们全套的防生化服，看上去，倒是可笑得很。

我把她放到检查台前的一把椅子上，道："我要求给她立即做全身换血！"

那个检查人员哪里见过这样子，有点惊慌失措地道："不……不行啊，我们这儿没这个条件。"

"立刻送邻市啊，快，她体内的食尸鬼还没分裂，现在还来得及！"

那检查人员看了看我，嗫嚅道："那是不可能的。"

"什么不可能？难道你们见死不救吗？"

这时，有人在边上道："他说得没错，这是不可能的。"

那是一个全副武装的军人，看肩章，也是有军衔的。我怒道："你们军方的超音速直升机到邻市只用十分钟，她体内的食尸鬼分裂大约还有一个小时，完全来得及的！”

他笑了笑，道：“不是条件不允许，而是这件事是不可能的。”

“什么？”

我只觉心头怒火熊熊，即将爆发。这时老计慌慌张张地冲了进来，看见我这样子，他道：“怎么了？”

“他们不同意用直升机送她去医院。”

那军人很和蔼地道：“两位，你们想必明白，我是个军人。军人以服从命令为天职，我的职责就是不能放走任何一个患者。”

看着他那彬彬有礼的样子，我心头的怒火再也按捺不住。

不，我绝不能让她死！

老计还在和他商量什么，我伸手到腰间摸出了火焰枪。还没等我说出威胁的话，那个军人斜斜地跨上一步，用了个漂亮的擒拿动作，扣住了我右手的反关节，我只觉手臂像是折断了一样，痛得不由自主地跪了下来。他十分娴熟地下了我的枪，交给边上一个士兵，道：“请不要冲动。”

他放开我，退到一边。我甩了甩手，直起腰叫道：

“你们打死我也没关系,可你们一定要救她!”

那个军人向我鞠了一躬,道:“对不起,我是军人,只能按命令办事。上级指示,任何病人都不能离开本市。”

“这算什么狗屁命令!”我骂道,“难道连救人也不准吗?”

那个军人打了个立正,道:“是的,命令之外,一切事都不允许。你们是否要做检查?”

我恨恨地道:“浑蛋!你们这帮浑蛋!”

还没等我作势,那几个士兵一下用手中的激光枪压住我。

不知过了多久,我都不再记得我是怎样把她抱进车去的,也不记得我是怎样把车开回去的。等神志渐复时,我才发现我睡在值班室里。

那是老计的住处,这些天我常和老计在这里喝酒。我翻身坐了起来,记忆还东一鳞西一爪地支离破碎,好像世界也一下破碎了。我扶着头,努力回想着。

忽然,我想起了一切。她还在吗?我看了下四周,值班室里就我一个人。她和老计在哪里?我心头一阵沉重，跳下床。

桌上，她养的那盆菊花已经快开了，几个蓓蕾鼓鼓地像马上要爆开，从裂缝里露出里面的黄色花瓣。

也许，什么事也没发生过，一切只是我的一个噩梦？

可是，我的记忆告诉我，事情本是如此。

我站到地上，走出值班室。忽然，脚下被绊了一下，那是一个皮箱。

柯祥的皮箱。他死后，这皮箱便扔在这里了。被我绊倒后，皮箱也打开了，里面有几件衣服倒了出来。我弯下腰，把皮箱里的东西收进去。

在衣服中间，是几张全身照。一拿出来，高分子树脂纸上马上出现了柯祥和古文辉的合影。柯祥搔首弄姿的样子实在令人好笑，可不知为什么，我却只觉心酸。

这两个人也已经成为过去式了。

我叹了口气，把东西收好，锁上了，走到门边，拉开门。

门一打开，她正站在门外，作势要推门，我一拉门，她的手推到了我胸前。她看见我，微微一笑，道："你醒了？”

我没有回答她，只是忧郁地看着她抱着纱布的手。现在过去几个小时了？她血液里的食尸鬼幼虫正在飞快地分裂繁殖吧，像那些无所事事的禄蠹。不知为什么，我更想到那些从小看惯了的坐在高级轿车里，出入都有随从的趾高气扬的人。那些人现在在哪儿？也许，在市长的命令发出后，他们就第一时间离开了这里，现在住在另外一个地方，继续他的趾高气扬吧。

她也发现了我在注视着她的手，只是微微一笑，道：“别多想了，这是命。”

“胡说！”我抬起头，逼视着她，“这不是命！你也不相信命的！”

“如果一件事我们无法挽回，那就当那是命里注定吧。来，我爸有话要和你说。”

我跟着她走去。老计在院子里，站在车边收拾着一个箱子，一见我来了，抬头道：“你来了？我们走吧。”

我有点怔怔地看着他，道：“去哪儿？”

老计把一沓钱包起来，放在包里，道：“离开这座城市啊。”

我看了看她，她面色如常，好像什么事也没有。我道:“阿雯也走吗?”

她道:“我是不能离开的,你们走吧。”

“什么?”我几乎有点怒视着老计了,“你要把你女儿扔掉?”

我踏前一步,怒视着他。如果老计说出什么不中听的话来,我想我一定会一拳打去。她伸手按了按我的手背,道:“别这样,是我让爸走的。”

我看着老计,喝道:“你难道不知道,如果找不出解药,那她就没几天好活了吗?”

老计苦笑了一下,道:“你真以为我们能研发出解药来吗?我那种逞英雄的想法,已经害了我的女儿了。”

我虽然想狠狠一拳打向老计脸上,但却只觉浑身无力。的确,要研发出解药,绝不是我们这样胡乱试验能做到的。我松开了拳,道:“你真的要把她扔下吗?”

老计还没说什么,她道:“别把我想得那么没用,你们留下来,不过是赔上一条命而已,还是趁早走吧。”

老计已经收拾好了东西,道:“阿雯,我们走了。”

她看着老计,这时,我才看见她眼角有了泪水。她道:“爸……”

老计摸了摸她的头,眼里也落下泪水。忽然,他哽咽着道:“爸要走了。爸太没用。”

老计转过头,对我说:“我们走吧。”

我没说话,也没动,看着他走进车里在里面道:“快上车啊。”

我摇了摇头。

不管怎么说,就算我活着不是一个英雄,那我也要死得像个英雄。

老计在车里道:“快走吧。阿雯,爸……爸要走了。”

我看见她冲着车挥挥手。我把手背到身后,侧身看着院子里的一棵树。秋天到了,这树的叶子落得差不多了,光秃秃的,只是一些瘦棱棱的树枝。

老计发动了车。等他的车驶出门,我转过身。她站在后边,眼里满是泪水,脸上,却又带着几分欢喜。

我笑了笑,道:“我想继续老计的工作。你愿意帮助我吗?”

她笑了,还带着泪水,眼神里也有点慌乱:“如果……如果我只有一天好活了呢?”

“如果我们只有一天好活,那么就把这一天当一生好了。”

我重又转过身看着那棵树。木叶尽脱,落得一地金黄。只是,当明年满树争荣时,我们是否还能看得到?

日子像是凝固了一样。我抽取了她一些血液,试着和老计一样,把一些药物滴在里面,在电子显微镜下观察吸血鬼虫卵的变化,一旦有什么变化,马上记下来,改变浓度,加上别的药物。可是,只有亲手做的时候才知道,原来看似简单的实验,竟然如此复杂得枯燥无味。我必须仔细观察血液里的变化,又必须排除那些虫卵的正常生长引起的形态改变。这些工作,以前都是老计做的。如果不是她在跟前,我真会对临阵脱逃的老计破口大骂。

食物不算少。由于人口忽剧下降,冷库里的食物根本消耗不完。何况,大概病人也不会因为口腹之欲去吃饭了吧,大多数病人喝的酒恐怕比饭还多,相比较而言,没酒喝倒让我更难受。

时间在不知不觉中过去。当我把最后一个样本放进高温消毒柜里时,才发现已是黄昏。外界的供电虽然没断,电视、电台都还能收到,只是,过于稀少的人口让周围都静得像要死去。她正在给那盆花浇水,现在有一朵菊花已经半开了,像是做得很精致却破了一个口子的扁球，从里面露出几根金黄色的丝。

“今天还好吗？”

她抬起头，看了看我，没说什么，只是撩起袖子，露出探测器来。那探测器上的红色指示灯又快了不少。但奇怪的是，她血液样本中食尸鬼含量并不很高，可能那些食尸鬼的分裂速度又加快了。照这个速度下去，再过两三天她就会孵化的。

我有点忧心忡忡地看着她的手，脑子里却浮现出这只雪白的手臂上，爬满了蛆虫样的食尸鬼的样子。

“别为我担心，”她微微地笑了笑，“这一天总会来的，不过是早一点和晚一点的区别而已。”

我有点冲动地走过去，拉着她的手。她的脸有点微微发红，低下了头。

“明天，你还是睡到那备用实验室吧。”

我努力让自己的声音听起来温柔一点。她抬起头，脸涨得通红。她没料到我说出的是这句话吧。

“不，我不愿意当实验品。”

我看着她的脸，抚摸着她稍有点蓬乱的头发。这个亲昵的动作，如果是以前，那一定是我求之不得的，可是现在我更觉得心底有一阵阵痛楚袭来。

她的头发依然乌黑锃亮，有一点香味。我说出这种话时也真有点像是要打碎一件精美的工艺品那种感觉。

“我想活着，就算只有一天好活，那也把这一天当成一生。”

这是我说过的话。我说这话时，想到的只是永远也不放弃。可是从她嘴里说出来，却有着无比的凄婉。

我放开她的手。别人这么做，我一定会不屑一顾的。可她是那么说的，我又能如何？我总不能像对成凡一样拔枪对着她的头命令她睡到实验桌上吧。

窗外，阳光照进来，在地上投下一片金黄，却被窗棂分隔成一块块的。

“出去走走吧。”我重又拉起她的手。她的脸又浮上一层红晕，柔顺地跟着我出了门。

门外，街道空荡荡的，一个人也没有，到处是废纸和破旧的衣服。今天的晚霞特别灿烂，也许明天又是个晴天。当不再有人迹时，那些丑陋的建筑也有了种颓废的奢华。

拉着她柔软的手，我们都没有说话。

那并不是爱情吧。我想着，只是对她的同情。可是，我却知道我是在欺骗自己。可如果这是爱情的话,那么这种爱情来得也太不是时候了。

一路上,店铺一律关着门,有些被人砸开了,可里面也没什么东西。走过那桥,那间酒吧也已经关门了。那个乐天的店主可能已经孵化,但现在孵化也不是什么稀奇的事,患者多半是躲在家里度过最后的日子。在等待死亡来临的日子,一定非常恐怖,孵化时的一段时间,人完全失去意志,只会像得了狂犬病一样乱咬。

她也会那样吗?

我看了看她的脸。她脸色白了一些,不过还算正常。我无法想象她最终的样子。

桥上,风吹过,冷而干,像陌生人的眼色,夕阳已经半落,天边的晚霞几乎有些惊心动魄的美丽。她靠在我身边,身边像也有点发抖。我垂下头,小声道:“冷吗?”

她点了点头。我解开外衣,把她拥到怀里。她又颤抖了一下,像是冷。

也许,那是爱情吧。爱情,毕竟还是在这个最不适合的时候来临了。

“如果我快要孵化的话,那就杀了我。”不知过了多久,她忽然说,“不要手软。”

天暗了下来。天空是遥远的深蓝色，月亮就像镶嵌在一片蓝色丝绒上的金黄色卵石，美得不像是真的。在月亮的边上，无数点星光掠过，我在泪水中看到的，也同样不像是真的。

我看着天，今天是流星雨的日子。小时候，曾经彻夜不眠，只为了看一眼那满天如花雨缤纷的美景，现在，那种景象只会更让我痛苦。

我的喉头像哽咽了什么，说不出话来了。

“杀了我吧，不要让我变成那种可怕的样子。”

我的泪水大颗大颗地落下来。我都不能相信，我还能流出那么多泪水。

“你不是常说你是铁石心肠吗？你不希望我成为那些虫子的食物吧？”

“别说这些话了，”我喃喃地说着，泪水已无法遏制地流着。什么英雄事迹，什么舍生取义，在我心里，似乎都已经变得那么可笑。

泪水滚烫，在泪光中，满天的星仿佛同时倾泻下来，听得到玻璃碎裂一样的声音。

两天后，她自杀了。她的遗书里让我把她的尸体烧成灰烬,交给老计——如果可能的话。

我提着皮箱，里面只放着她的骨灰。按照她的意思,我把她的骨灰放在一个她最喜欢的细瓷花盆里,用胶纸封住了口。

如果说我那天决定不和老计一起走时，还自以为能当一个英雄，那么现在我只能承认，我们都不是英雄,也做不了英雄。

我不是英雄,那也别自不量力地想当一个英雄了。

开着车,走在空荡荡的街上,一切都死寂得让人觉得可笑,似乎做什么事都有点不合时宜。我提着箱子,在街上东张西望着。离检查站有不远的距离,我却并没有什么欣慰。这座城市不知是不是我出生的地方,但我这些年来绝大部分日子都是在这里度过的，现在要离开时,总是有些舍不得。

车到了检查站。我在白线外停下车,忧郁地看着手里的皮箱。不管怎么说,我们的努力都已经白费了,可是付出的代价却实在太大。尽管我还有点对自己半途而废的痛苦,更痛苦的却是因为她。

检查站门口聚集着一群军人和几个穿白大褂的

人，还有三辆很大的卡车。当我向他们走去时，边上几个卫兵如临大敌，同时举起枪来，喝道："干什么的？"

我举了举皮箱，以示手里并没武器，叫道："我是来检查的。"

"为什么这么晚才来检查？已经截止了。"

"什么？"

我大吃一惊，根本想不到居然会有这等事，这时一个军官脸上露出笑意道："放心，已经有了食尸鬼疫苗，所以不必担心了。"

我不知这是让我欣慰还是痛苦。如果说以前的痛苦中还有些死得其所的自豪，那现在只是觉得茫然。我们的一切努力，岂不是白费，而且是可笑了。我道："是真的吗？"

那军官白了我一眼，道："你难道不信吗？你来了就先上那辆卡车吧。等载满了你们这是第一批治好的人。"

"可我并没有感染啊。"

我有点着急，想找出证据来，可是我的探测器早砸碎了，她的我已经给她殉葬了，偏偏这检查站又已撤掉，以前的仪器什么都没有了。

那军官道:“没关系,无非打一针,有病治病,没病防病,你一个大男人总不会怕痛吧?上车坐好吧。”

我道:“可是我没感染啊……”

我还没说完,一个士兵已举起枪对准了我。那军官制止住他的动作,道:“由于我们已没有有效的检测手段了,请你配合一下,反正只是打一针。”

那是他第二次说“只是打一针”了。我道:“为什么要坐到车里?打一针不是很方便的吗?”

他道:“嗨,对于你个人来说只是打一针,可对我们却要管理,要保证你治好,不能让你没好就到处跑是吧?要没有管理,来一个打一针的话,那怎么分清打过和没打过的?我们把你们集中起来,治好一批就放走一批。”

他说得也不是没道理。那军官已不再理我,道:“来个人,送这位先生上车。”

我没办法,在一个卫兵的监视下爬进空荡荡的车厢。里面现在只有我一个,黑洞洞的。我把皮箱放在身前,有点呆呆地坐着。

我坐的那辆车上两个浑身穿着防化衣的士兵站立在车尾。那卡车开动了,车头上,一个大喇叭开始发出很响亮的声音，听得出，那是国家电台的播音员的声音，正说着："所有居民请注意，疫苗已经发明，请立刻上车，接受治疗。"

车转了一圈，陆陆续续地上来了不少人，卡车里几乎塞满了。我坐在一堆病人中，倒并没有什么不适。那些人虽然不说话，但一个个面露喜色。相比较而言，我那一脸颓唐，好像我反倒是病人。

车很快转完了一个社区，载了一大车人，还有人急着要上车，后门那两个卫兵正解释说："不要急，这一批好了马上有下一批。"

车晃动了一下，我看着外面。那些风景，在我向检查站出发时还以为那是最后一次见到了，那两个穿得像是什么怪异武士的士兵坐在车尾，抱着枪，战战兢兢地如临大敌。这却让我有说不出的好笑。

这车因为载的人太多了，一路上都有点颤颤的。这种老式的卡车早就淘汰了，但空中飞行器的禁行令可能依然生效，这种氢动力卡车只好再拿出来用。

卡车转了几个圈，渐渐地见到了市区边缘的电网。在市中心，还没有太多那种被隔离的异样感，但到了这里就觉得外面那个世界与里面完全不同。当卡车通过电网，车里的人情不自禁都发出了一声欢呼。

我只是摸着脚边的皮箱。

你也要离开这里了。

我无声地说着，好像她还能听见。可是，在我心底，却无法原谅自己。尽管我不觉得自己有什么错，可是却还是内疚。

黑洞洞的车厢里，也许挤了上百人了吧，只听得到重重的喘息声。每个人也许都有种劫后余生的庆幸，不那么庆幸的，也许只有我一个了吧。

“到了。”

车停了下来，那两个士兵跳下车，大声冲里面喊着。有个女人抑制不住激动，大声哭了起来，边上像是她丈夫模样的人拍着她的肩，在喃喃地说着：“好了好了，没事了。”那女人带着哭腔道：“可是宝宝呢？他要能撑到今天有多好。”

也许宝宝是她的儿子或女儿吧。在城里等死时，也许没人会想着别人的，但见到了生路，女人想到的马上是儿女了。

那些人争先恐后地往车下挤，好像先出去一刻就能早一刻诊愈，那两个士兵一边拿着枪，一边喊着：“别挤别挤,一个个来,先排队。"

我坐在里面,等着他们下得差不多了,才站起身来。刚站起身,对面也有个人站起来,我们的头碰到了一块。我还没说什么,那人道:"对不起,真抱歉。"

这声音很耳熟,我却想不起来。我说:"没关系,你先走吧。"

他很温和地说:"你先请吧,我没关系的。"

我提着皮箱,默默地走出车厢。我们是走在最后面的,我听着他在我身后的喘气声,想对他说什么,却什么也说不出来。

我下车时,因为提着皮箱不好下,把皮箱搁在车上,人先下了,伸手去拿皮箱时,他把皮箱递了下来。我接过来,道:"谢谢。"他却叫道:"是你?"

我抬起头,看了看他。在暗地里待久了,外面的阳光让我觉得有点刺眼,可还是看清了。

他是邓宝玲的丈夫。

他毕竟还是逃不过,最终也被感染了。

我苦笑了一下,道:"你也来了?"

他怔了怔,道:"是啊,来了来了。"

那些平常寒暄的客套话,现在听来却好像别有一番滋味。有个士兵在一边叫道:“快点,时间宝贵。”

我提着皮箱，排在那长队后面。我打不打针无所谓,可既然一定要打,就让别人先打去吧。

那士兵道:“男女各一队,先去更衣室消毒,然后接受疫苗注射。”

我们一排男一排女,像是劳改犯一样排着队。要去的是两幢简易房子,连窗子也没有,也许是为了给病人消毒赶着建起来的吧，没有一点装饰，只要牢固就行了。

我们这一排人要走进去时，有个士兵忽然叫道：“把东西放在外面,不要带进去。”

轮到我时，门口一个穿戴着全套防化衣的士兵喊着:“把箱子放下。”

门口已经有一堆东西了。我看了看手中的皮箱。我实在不想与她分开，可是，看样子还是要分开一会儿了。

那个士兵有点不耐烦，抄起枪柄向我手上打来，道:“快放下,别耽误别人时间。”

我的手一松,皮箱一下掉了下来。我吃了一惊,伸手去抓,幸好在掉到地上前我抓住了。

我怒道:“你叫什么？我听得见。”

那个士兵也怒道:“你还有理啦？”

如果他好好说,我当然不会和他争执的。但此时我心头却有种说不出的烦躁，我叫道:“你这么打人难道就是有理？”

那个士兵作势又要打我,嘴里还喝道:“废话少说,快点进去！”

我挺起胸,道:“你有胆子就往这里打！”

身后,邓宝玲的丈夫慢慢地说:“别争了,我们进去吧。”

我让开了，道:“你先进去吧，我本来就用不着打针,硬让我打还把我当犯人,我咽不下这口气。”

那个士兵虽然全套防化衣,看不出样子,但我想一定气得满面通红。他冲着邓宝玲的丈夫道:“你先进去。”

等他进去了,他对我道:“你进不进？”

我瞪了他一眼，道:“你差点把我最珍贵的东西打碎了,还敢对我这种态度？”

他把枪对准了我,道:“我接到命令,可以对不听从命令的人开枪！”

我心底有点怕，但要我这样子就服软，却也不愿意。我道:“我要你道歉！”

正僵持着，边上一间小屋里走出一个军官，远远地便道:“出什么事了？”

那士兵打了个立正，道:“报告少校，这人不愿意进去。”

我道:“我不是不愿意进去，一来我没有被感染，二来他还对我那种态度，我必须要让他先向我道歉。”

那士兵在防化面具后的脸上大约冷笑了一下，我听得到他鼻子里发出的“哼”一声:“你一个感染者还要扯什么态度不态度。”

我心头升腾起一股怒意，大声道:“感染者又怎么了？别说我没被感染，就算我被食尸鬼感染了，难道你可以耍那种态度吗？”

那士兵还想说什么话，那个军官却叫了起来:“是你！”

他快步走过来，我扭头看了看，也叫了起来:“朱铁江！”

朱铁江是以前市委纪委主任朱胜章的儿子，小时候和我是同学。中学毕业后，他考取了军校，后来一直没见过,听说在军中很是得意。他是我在那个大院里少有的几个好友之一。那些官宦子弟,就算我是局长的亲生儿子，他们也看不起我的，别说我只是局长的义子了。可朱铁江自小就很宽厚，所以我们一直都很谈得来,不过中学里分手后也就分手了,一开始还通过几封信,后来就音信全无了。没想到,居然在这样一种场合碰面。

他走到我身边,下意识地伸手要来拍我的肩,却又顿住了,有点尴尬地说:“你被感染了？”

我苦笑了一下,道:“还没有。”

“那为什么不早走？”

我道:“我太狂妄了,想要找到食尸鬼的疫苗。”

“找到了？”

我看了看手里的皮箱,黯然道:“找到的话,也用不着到这儿来了。”

我此时,更多的也许是内疚吧。她被感染,虽然不能说是我的错,但如果我早劝老计离开的话,她也不会出这种事的。

手里,那个皮箱像有千钧重量。

他突然拍了拍我的肩,道:“别多想了,来,陪我喝一杯去。”

我抬起头,眼里不禁有点湿润。

他还是当年那个朱铁江。即使好多年兵当下来,他却没什么大变化。

那个士兵在一边道:“少校……”

朱铁江笑道:“他以前是特勤局行动组成员,我们不是学习过那篇社论吗?讲的就是他们的事。有没有感染,其实他才是专家。好了,你去关门准备吧。”

那个士兵关上门。这屋子只有一扇门,这门也封闭得很严实,在里面待着一定不舒服。我正打量着那屋子,朱铁江又拍了拍我的肩道:“走,走,虽然没什么好东西,部队也不准喝酒,可我这儿总有两杯的。一块儿去,还记得小时候我们一块儿偷你爸酒喝的事吗?”

我的心底涌起一阵暖意。小时候,我还不怎么爱喝酒,朱铁江却自小就是个酒鬼,可他父亲管他管得很严,根本不准他喝酒。有一次他来我家,用等离子穿透仪把局长珍藏的一瓶酒不动封口偷出了半瓶,再把水加进去,以至于局长后来喝酒时很奇怪这瓶酒为什么那么淡。

这件事我虽然早就忘了,可他一提,我却马上想起来了。我笑道："你还记得呀？"

他笑道："当然记得。那时我就决定，大起来后一定赔给叔叔一瓶好酒。后来我弄来几瓶六百年的陈酒，那可是好东西。唉，可惜叔叔喝不到了。"

我黯然道："是啊，他再也喝不到了。"

朱铁江道："别再想了，人各有命。走，我们喝酒去。"

他的办公室不大，外面看也是简易房，里面却很干净。军人的本色吧，墙上还挂了把刀作装饰品。

朱铁江道："来，我们喝吧，可惜肉不太敢吃，只好请你吃点酱油花生下酒了。"

他倒了两杯酒，把一杯推到我跟前，道："干。"

那酒异香扑鼻，我一口喝了下去，只觉入喉像是一条细细的火线，有种很舒服的微微的刺痛。

我刚喝下去，却听得不远处传来一阵闷闷的哭喊声。

那是很杂乱的哭喊声，声音却像是从一口枯井里传来的。我狐疑地放下酒杯，道："那是什么？"

"没什么，喝酒吧。"他给我满上，自己拈了颗花生放进嘴里。

“不对，就在这儿附近传来的。”

他这儿的窗子关得很严。我走到窗前向外张望，外面大多是些穿防化衣的军人，另一些人没穿，大概那些不用和病人接触的吧。极目望去，天很好，蓝蓝的天空上，白云像一些破碎的棉絮。我打开窗，可现在却什么也听不到，只有那边那消毒室里传来轰隆隆的声音，像是在放水。也许，那些人正用消毒液洗澡吧。

“你听错了吧？”朱铁江走过来关上窗。

我笑了下，道：“这些日子以来我总是疑神疑鬼的。”

这时，有人敲了敲门，朱铁江道：“进来。”

进来的是个勤务兵。他道：“少校，你的衣服洗好了。”

那个人手里捧着的，是一件长长的风衣。我顺口道：“你也穿风衣啊？”

朱铁江脸上，突然像是有个虫子在爬一样，很不自然地说：“是……是朋友的衣服。”

我抬起头。如果朱铁江明明白白说那是他自己的衣服，我根本不会多想什么。可是我虽没别的本事，这种推诿却听得多了，凡是说这些话的，一定有什么内情。

我扭过头,道:“你把风衣给我看看。”

那勤务兵有点不明所以,正要把衣服给我,朱铁江道:“算了,一件衣服有什么好看的。”

我心头的疑云却越来越重，抢在他前面一把抓住那风衣,抖开了,却没什么异常,普普通通的一件风衣,只是厚得多。和平常不同的是,那是用拉链的,下摆里做了两个裤管,要是有人穿这衣服,从肩到脚像是套在一个口袋里一样。

我有点出神,朱铁江从我手里拿过风衣,道:“你真有点疑神疑鬼了,一件风衣有什么好看的?”

突然,我脑中像有闪电闪过。那风衣不是普通的风衣,是件改装过的防化衣!

刚才,朱铁江说的话表明他知道局长已经死了,但我还没向他提起过!

我看着他,喃喃地道:“是你……是你!”

他躲闪着我的目光,道:“你喝醉了吧?”

我一下抓住他的衣领，叫道:“是你！是你杀了局长!”

那勤务兵有些害怕,不知所措地看着朱铁江。朱铁江向他挥挥手道:“没你的事,走吧。”

那勤务兵一出门，朱铁江挣开我的手，关上门，坐了下来，在我的酒杯里重又倒满了酒，道："喝一杯吧。"

我端起来一饮而尽，道："为什么？你为什么要杀局长？"

他垂下头，重又抬起头时，眼里闪烁着泪光："那是任务。"

"为什么？"

我一个耳光抽在他脸上，他的半边脸出现了五个指印，可他像没有感觉似的，只是慢慢地道："这是军政双方领导决定的。"

"胡说！为什么会做出这种莫名其妙的狗屁决定？"

"因为……"朱铁江又倒了杯酒，像下了个重大的决心，"因为他反对实施净化方案。"

"什么？"

尽管我不知他说的那个净化方案是什么，可是却隐隐地有种不祥的预感。刚才那些哭喊声，也许不是我的错觉……

朱铁江咬了咬牙，道："净化方案就是把这座城市里的所有食尸鬼都消灭掉。"

"怎么消灭？"我已猜到了一些，身上也有丝寒意，可还是问着。我希望朱铁江的回答不要证实我的猜测，我只希望那只是我的胡思乱想。

“目前只有用火烧才可以消灭食尸鬼，你们也是这样做的。因此，领导决定，消灭所有滞留在市里的人口。”

“那么刚才那些人……还有以前的人，他们……”我结结巴巴地说着。我依稀想到了什么，可是却不敢说出口来。朱铁江疯了一样，一把抓住我的胸口，道：“对，对，你为什么不敢说？刚才一车人，还有以前通过检测的人，都是被送进毒气室，全部都要化成灰。”

卡车。毒气室。这些只有在古史资料里看得到的东西，居然都成了现实！

我打开了他的手，吼道：“那么，以前的什么检测，现在的什么疫苗，都是骗人的？”

他颓然坐倒，道：“是，都是骗人的。你知道，食尸鬼是种变异很快的动物，几乎和电脑病毒一样，有极强的自我复制能力，似乎可以针对检测仪做出相应的变化，人类实在跟不上。你也知道，你们研制的检测仪是最先进的，可也时常有检测不出来的。为了不发生全国性的悲剧，必须让这座城市做出牺牲。”

我像被子弹击中，几乎是惊愕得张口结舌。一千万人口！这一千万人口，不分青红皂白，全部送进了毒气室！

突然，我想到一个问题。像溺水的人抓住了一根稻草，我道："你骗人的吧？你一定是骗人的。如果全部要牺牲，那么那些市委里的领导为什么能离开？你能保证他们中没有携带食尸鬼虫卵没被检测出来的吗？这当中也包括你父亲和你的那个弟弟！"

朱铁江痛苦地低下头，道："市委领导都是被隔离安置，虽然不会进毒气室，但必须进行无限期观测。这是上级领导安排，也是市委常委会议上一致通过的。可是叔叔坚决反对这个决议，认为市民有知情权。为了不破坏这个计划，领导安排我除掉他。"

我的喉咙口发出干干的笑声。老计，可怜的老计，如果他坚持要留在市里，那倒可能会多活一段时间吧。还有那个成凡，他被查出被感染，反而多活了几天。

我站起身，握紧了拳头，朱铁江忽然站起身，脸上又带着那种刚毅。

他的手上，拿着一把小手枪，指着我的头。

"别以为那是个好下的决心，"他慢慢地说，"我想这件事办完，我不死也会发疯的。可是，为了未来，这样的决心也一定要下。”

我说:“你和我一起喝酒,不怕被感染吗?说不定,我也早被感染了。”

他的神色很古怪,似乎夹杂着痛苦,却又坚定如磐石:“我已经决定进入那无限期观测的行列。”

“那你为什么还要接受那种命令?”

“第一,我是军人。第二,那命令并没有错!”

“疯了,”我喃喃地说,“你疯了。”

“也许吧。”他冷冷地说,“你也可以进入那隔离区。放心吧,那里地方不小,设施也很齐全,你不会有什么不适的。”

“我不去。”

我极快地一把抓住他的手。我虽然也受过军训,但我知道我与他那种正规军校毕业生比,这点武术功底只像是玩笑,他只消动动手指就可以制服我。可是,自幼那种桀骜不驯的性格让我绝不能接受那样的处置。

他却没有动,我的手一扳他的手腕,他的枪马上掉在了地上。我飞起一脚,正踢在他小腹上,他痛苦地蹲下身,我已拉开门冲了出去。

那些穿防化衣的士兵正从那两间简易房里抬出一

具具身无寸缕的尸首，我冲出朱铁江的房间时，有两个还抬头看了看我。

朱铁江捂着肚子，摇摇晃晃地走出门来，大声道：“全营集合，守住出口！拦住他！”

有个士兵从背后取下枪，瞄准我，我情知不好，人一下伏低，一道紫光从我刚才站的地方掠过，正射在我身后的一棵树上，那树被穿了个洞。我在地上翻了两下，人闪在了一幢屋后。脚下一空，却摔到了下面的一块杂草丛生的荒地里。

这个地方在市区北面，现在那些士兵都守在营房北面，防备我逃到正常区域吧。我伏在草丛中，看了看周围。

营房用极高的电网拦着，别想能翻出去。难道，只能逃回市区吗？

朱铁江带着几个士兵转过来，嘴里道：“你们搜索这一带，不能让他逃到外面去。”他转身对一个军官大声下着命令：“陈上尉，如果过几天我被确认感染，这里就由你全权负责，你把我当作病人看待。”

那个陈上尉打了个立正，道：“是，少校。”

我伏在草丛里，听着他们的对话。不管我心底对朱铁江产生多么浓重的痛恨，可是我还是对他有着十分的敬意。

好在那些士兵几乎都守在北面了，那几个士兵正在那些屋前屋后搜着,一时想不到我会躲在草丛中。我伏在草丛里,轻轻地向南面爬了一段。

那是入口处了。门口,有两个士兵在站岗。要我把他们打翻逃过去,我自知没这个本领。我伏在草丛中看着他们,想着主意,忽然,我听到了沉重的翻毛皮靴的脚步声。

一个高大的身影站在我伏着的草丛边上。那是朱铁江,他拎着我的那个皮箱,正看着手腕上的表。

“出来吧,我知道你在这里。”

我自知无法隐藏，爬出了草丛。他把皮箱放在地上,道:“你回去吧,能活几天就活几天,五天后我们将焚烧全市。不过,就算你能逃过大火,你也不会有几天能活了。”

我看着他,道:“你一定要杀我？你大概过高估计我的正义感了。再说,那些一心以为有了生路的病人,死也不会信我的。左右是个死,当然要往好里想。”

他苦笑了一下,道:“我知道你是个有正义感的人,也知道正义感也是有限度的。不过，你真不知道，你早就被感染了吗？”

“什么？”

我这才真正地大吃一惊。我的探测仪被那些保安打碎了，后来和老计在一起时，他们的探测仪也没有什么反应。只是，她被感染时，那探测仪的反应却出乎意料的强，那实际上探测到的是两个人吗？

他撩起袖子，露出上面一个小巧的探测仪，上面的两个红色发光管正在一闪一闪。他道：“我这是最新式的探测仪，上面显示，你已经是晚期了。可能，孵化也就是几天的事。”

我不语。尽管我不想相信他，可我也知道，他没理由再骗我。

他指了指皮箱，道：“你走吧。只是，你只能回去。我是军人，现在虽然已经是在渎职，可也只能做到这一步。”

我拎起皮箱，默默地走着。走出那个营房，我回过头。

夕阳中，朱铁江的影子像铁柱一样，直直地站着，他的影子也一样直而长。

回到局里，打开门，一切还保持原样。

我坐在空落落的实验室里，心头一阵阵地酸楚。那盆她种的菊花已经有一朵开了，金黄色的花瓣像一丛缎做的丝。那是一盆梨香菊，有一股鸭梨的甜香，虽然不是名贵品种，却是种很可爱的花。

就像她。

我像机器人一样打开皮箱，取出她的骨灰，走出了门。

天已经黑了，我站在桥上，从怀里摸出那个香烟盒。里面，只剩了最后一支烟，我点着了，撕开花盆的封口，抓出了她的骨灰。

她的骨灰细腻而温柔，像是她的手指。我一把把撒进河水，那些灰白色的灰漂在水面上，濛濛地，像下了一场细雨。

也只有这时，我发现自己心底，实际上是太多对人世的绝望。

有个拎了个大包的人走过我身边，大声唱着歌。他看见我，大声笑道："扔什么哪，明天都可以走了。"

我擦了擦泪水，转过头笑道："是啊，我们运气真好。”

“是啊,现在倒有点舍不得这地方了,哈哈,出去可没得白喝酒了。”

他笑着,走过我。走过一段,又回过头大声道:“明天早点出来,他们那卡车只能坐一百多人,今天我都没赶上。”

我没说什么,只是想笑。他走了一段,忽然转过头向我走来,远远地道:“喂,你总不会有什么事吧?”

我看了看他,道:“没什么事。”

“去狂欢吧。今天我们要在广场里乐一晚上,等明天车一来大家一块儿走。”

我摇了摇头,道:“算了,我不去了。”

“别那么不高兴,过去的事都过去了,死者不能复生,活下来的人总得向前看吧。”

他拉开包,摸出一小瓶酒来递给我,道:“走吧走吧,我弄到这一堆酒呢,不喝白不喝。”

我有点木然地接过,跟着他向前走去。他在前面五音不全地唱着什么歌,要是到那些娱乐场所去唱的话,准会被轰下台来,可是他却唱得陶醉至极,似乎不如此不足以表达内心的狂喜。

那个广场就在不远处，是个街心公园，以前有个喷水池，现在水早干了，弄了些木柴堆成一堆，点了堆篝火，远远就能听到那里有一群人在大声唱着。走到那广场边上，他大声叫着："哈，你们已经开始了！"

人群中有人大声叫着："老马，你现在才来啊。"

他笑道："我弄来了不少酒，想喝的快来喝吧！"

那些人发出一声欢呼，一帮人呼啸着冲过来，老马大声叫着："别抢别抢，人人都有！"可是哪里挡得住。混乱中，有个人抢了两瓶，见我在一边，笑着道："你是老马的朋友吧，来，喝吧。"

我道："我有我有。"

那人道："来，来，今天大家好好乐一乐。"

这时，有几个人围着火堆打着转，嘴里胡乱唱着什么，活像那些野人的庆典一样。那人也跳进人群中，大呼小叫地乱唱着。

我看着那堆火。火舌像一些温柔的手臂，不住伸向空中，一些火星冲上半空，又飘散开来，那些人欣喜若狂，好像在庆祝一个盛大的节日。

天空是带着点紫色的蔚蓝色，星光闪烁，点缀在每一个角落。我看着天空，这时，有一颗流星划破天际，却转瞬即逝。好久,我眼里似乎还看得到那一瞬间的美丽。

微笑着,我打开那小酒瓶的瓶盖,喝了一口。火热的酒倒入喉咙,像是火,也像泪水。

坐在那群人中,听着他们的欢声笑语,我垂下头。即使是黑黑的车厢里,他们似乎还沉浸在昨夜那种狂欢中。

两个站在车后的士兵跳下车,有个道:“男女各一队,先去更衣室消毒,然后接受疫苗注射。”

我跳下车,外面过于强烈的阳光让我的眼都几乎睁不开。我有点留恋地看了看四周,却发现朱铁江站在那两幢围着铁网的简易房外面,有点惊愕地看着我。我笑了笑,朝他挥了挥手。

后面那人有点着急地说:“快走啊,磨蹭什么。”

我回过头道:“好,好。”

我在走进那建造得像个碉堡一样牢固的简易房时,又回头看了看外面。

阳光普照,草木还没有全部凋零,仍然还蕴藏着无尽的生机。我笑了笑,不知道是该高兴还是该忧郁,转过身,走进门。

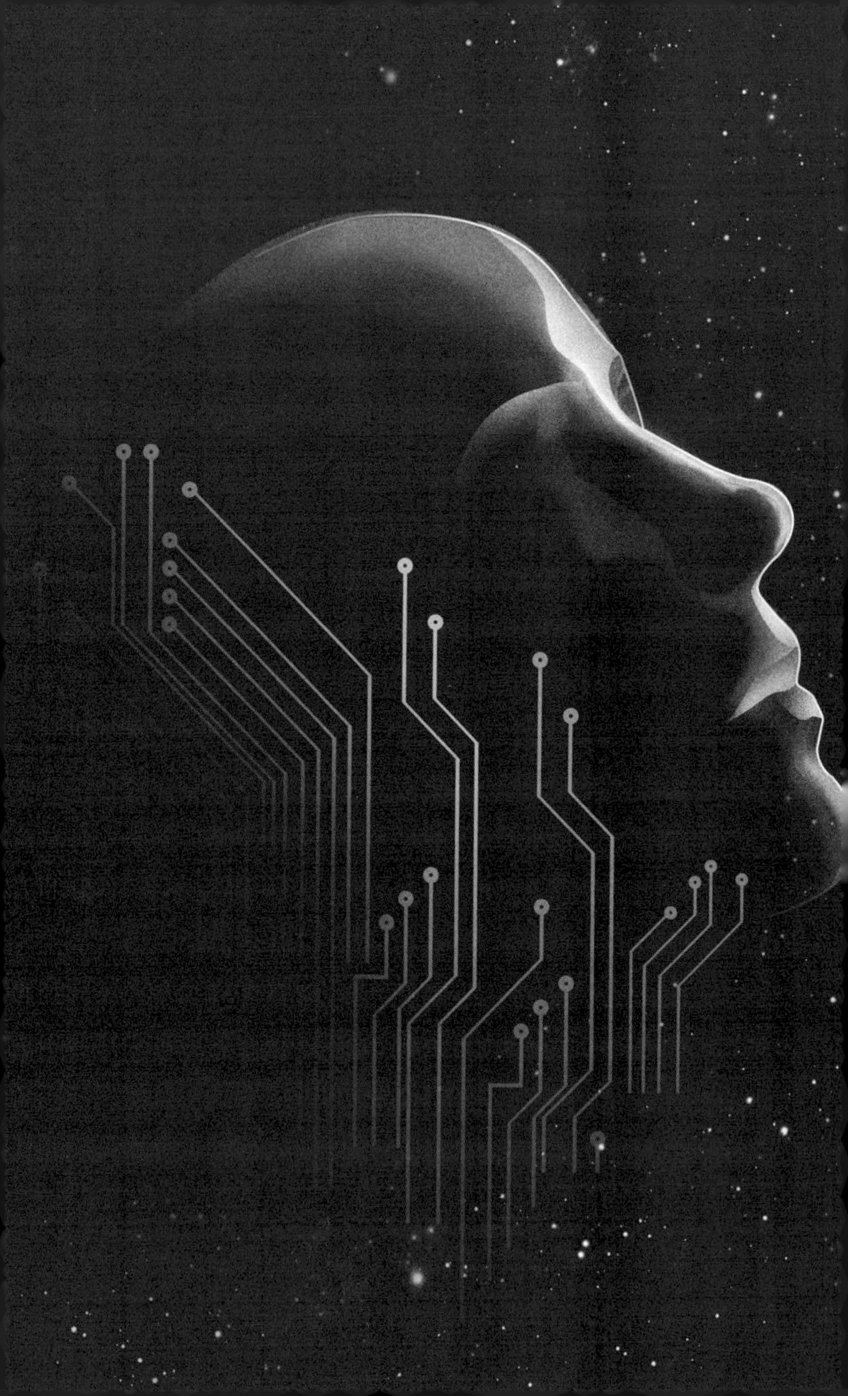

天人永生

可记得夏天完了的那天

我避雨避到你的屋子里

呆看玻璃窗变成了泪眼

—— 卞之琳《朋友和伞》

一

摘下破损部件。换上完整部件。缝隙填涂防护胶。检测有无漏损。

他一边在心底默念着工作手册上这四步手续，一边向飞车停放区走去。其实根本不需要再背诵什么条款，按部就班地做了两年，他已经算得上是个老手，这项工作也已驾轻就熟，根本不必再对照工作手册着手。只不过这是他两年前第一次入行时养成的习惯，一直都没有改掉。

飞车是地表唯一的交通工具。极限悬浮高度零点五米，极限速度四十码。充足能量后极限运行距离一百公里，可自动导航，也可手动操控。不论怎么看，飞车都算不上什么很先进的交通工具。

当然，在这个年代并不需要别的交通工具。各个聚居点之间基本上没有交流，能源又十分宝贵，不能浪费，因此很久以前曾经十分流行的飞行工具在这个年代几乎毫无用处了,飞车这样的交通工具已经足够。

他按下了启动键，这辆已授权的213号飞车马上沿着轨道滑向出入口,新的一天就这样开始了。

一出出入口,眼前几乎一瞬间明亮了起来。刹那间亮度的变化让他有些不适应,他眯了眯眼,就在这时,飞车上的通话仪显示灯亮了。他一按下允许通话键,话筒中马上传来19号急匆匆的声音:“17号,昨晚的超级杯看了没？”

19号的声音还是和以往一样急促,语速也特快,几乎比平常人快一倍。他笑了,还没等回答,19号马上接道:“要不是鲁菲里那一脚打飞,他准能再赢三个球！”

昨天是第三十七届超级杯坐式足球的四分之一决赛，鲁菲里则是这一届超级杯中涌现出来的新一代球星,也是近期最红的公众人物。在本届超级杯坐式足球赛中,鲁菲里在前面的比赛中已经打入了七十一个球,平均每场十五个,更是成为一时的话题,连他这个对坐式足球不感兴趣的人都知道得很清楚，更不用说是超级球迷的19号了。他道:“你看了？”

"当然！就算要消耗十个生命点，也是值得的！"19号顿了顿，即使只是通话仪中传来的声音，他也似乎看到19号在咂嘴，"太值得了！"

在他心目中，消耗十个生命点去看一场坐式足球，才是最不值得的事。只不过这话他也没说出口，因为他知道万一说出来，肯定会引起19号的反驳。19号这人别的都好，就是爱跟人抬杠。他道："今天是半决赛吧？"

"是啊，今天这场球赛，就算要耗二十点我也看！啊，又有人要授权，不说了，晚上欢乐屋见。十九点，别忘了。"

通话仪发出"叮"一声轻响，又重新沉默了。尽管知道通话仪已经关闭，他仍小声道："好。"

在地下层飞车基本上没有用，因为几乎没有那么多空间可以行驶停放。然而到了地表，没有飞车就几乎寸步难行。不仅是因为各个区之间的距离相当大，而且很多地方凭步行根本无法逾越。抵达工作地点大约还得十几分钟，他在座位上靠了靠，让自己在这狭窄的空间里尽量舒服一些，闭上了眼。

这样的通话是每天早上出发时他与19号的例行公事。飞车上的通话仪虽然有对话功能，但作为维修组成员的他并没有开启的权限，只有治安组才有。19号是治安组出入口管理的工作人员，本来，他们只有在每天两次的进出出入口时才会产生一两分钟的交集。然而一年多前的一天，在他驾驶飞车驶出出入口时，车内有请求通话的信号传来，当时的他大吃一惊，以为自己犯了什么事引起了治安组的注意。

那一次正是19号发来的通话请求。19号发现，自己与他的社保编号居然只是末位不同，兴奋得马上来和他交流。而得知两人的社保编号竟然只隔了一位，他也大为吃惊。

社保编号是一串共13位的字母加数字。这是每个人身份的唯一证明，而这个聚居点共有一百五十万人，C级公民就占了一百二十多万人，社保编号如此接近的两个人能够遇上，的确是很难得的缘分，因此他和19号建立了一份C级公民之间并不多见的友谊，尽管这样的友谊并不受鼓励。白天上班的途中，19号虽然可以假公济私地利用通话仪和他聊几句，但时间不能很长，所以更多的是下班后装作偶遇地在欢乐屋一同喝上一杯。因为19号与他住同一个区，所以去的是同一个欢乐屋。尽管这样的约定其实也属于小小的犯罪，不过更让他们有种触犯禁忌的兴奋。

这样的友情大概也不是太多吧。他想着。毕竟,C级公民很多地方都受限制,包括相互的交流,就仿佛当初在技能学校的时候……

飞车平稳地停了下来。与地下层完全不同,地表层明亮得耀眼,即使今天是个阴天。他睁开眼,从座位下拎起工具包,推开车门走了出去。

这儿是地表的五十个种植区之一。五天前,一场意外的冰雹使得这个区的暖房损失惨重,而他正好负责这一片,因此这五天来他一直没半点空。幸运的是那场冰雹过后并没有下雨,经过这几天的抢修已经完成了大半,今天应该能够全部修完。

摘下破损的玻璃幕墙。换上完好的玻璃幕墙。在缝隙处涂上防护膏,然后再用探伤仪确认没有伤损。这种千篇一律的动作,他已经闭着眼睛都能完成了。当他将那块破损的玻璃幕墙摘下来时,一股完全没有酸味的清新空气直涌出来。

那是作物的气息。

种植区为聚居点公民提供食物,所以只能设在地表。暖房里种植着不少作物,有一些已经结果了。虽然还不成熟，但显然已经可以食用。尽管每天都能看到，甚至亲手接触到，但这两年来他很难得才能有机会尝到这些新鲜果实。摘下了破损的玻璃幕墙后，现在他都可以去直接摘下来尝尝了。只不过这个念头他根本不敢有。

虽然这儿只有他一个人，但种植区遍布监控，万一被监控拍到，这份工作肯定就保不住了，而且他会被直接降级，甚至遭到除名。

他咽了口唾沫，摸出身边的饮水瓶。还有小半瓶饮用水，他喝了一小口，小心让每一滴饮用水都浸润喉咙。毕竟，这一瓶饮用水是他这一周的配给，前几天消耗量太大，要顶到周末的话，不能再有丝毫浪费。他努力让自己不去注意那些隐藏在宽大的叶片下的果实，仍是一板一眼地修复着破损的玻璃片。

他所在的是一个大型聚居点。现在全球这样大小不等的聚居点据说还有两百多个，他在的聚居点有二十五层，每层二十个区，每区有数千到数万人不等，总人口大约有两百多万人。虽然身为只能居住在最底下十层的 C 级公民，但由于是维修工，除了每月的两天例休，他几乎每天都要乘坐高速电梯来到地表层。

从某种层面而言，我比 A 级甚至天人还要高级吧，毕竟很少有人会这么频繁地来到地表层。他换好了这块玻璃幕墙，将破玻璃片放进回收袋时，自嘲地想着。

破碎的玻璃片都必须回收，在这个时代，任何物资都是万分宝贵的，甚至，他们食用了那些难以下咽的合成面包后的排泄物，也是一种相当有用的物资。现在大约还有十一处代修点，按照十分钟一处的速度计算，不用两小时就可以完工了。而现在……他下意识地看了看腕上的植入式液晶屏，受到感应，手腕背部的皮肤上浮起了“15:13:24”这三组数字。

如果没有发生什么意外的话，应该可以提前半小时完工。当然，没到下班时间，他是不能回地下层去的，但可以在地表休息半小时，然后，乘坐高速电梯回到最底层，等着十九点与 19 号在欢乐屋喝一杯，聊上几句，再各自回家。19 号花上十个生命点收看二十点三十分开始的坐式足球半决赛，而他，则在房里沉浸在电子书阅读中。

他不禁有点想笑。虽然阅读电子书花费的生命点要少得多，但他看得越来越快，越来越多，总的来说并不比 19 号节俭。好在他还有工作，生命点的增长要大于消耗，所以目前来说不必担心哪天睡下后会因为耗尽生命点而一睡不醒。

反正得到配偶权的可能性很小，就算哪天一睡不醒,也不算是什么坏事吧。他想着。

不紧不慢地做着活,当他修补完第十块时,监控耳机里突然传来了几声刺耳的“嘀嘀”声。这是紧急消息即将颁布的信号,他一下停住了手头的活,好让自己听得清楚些。

“现在播放一条紧急通知。今天十七点二十七分将有降雨,雨量小到中等,估计持续时间可达三小时十一分左右。请停留在地表层的公民尽快完成手头工作,提前回到地下层,出入口将在十七点二十分关闭,谢谢。”

耳机里传来了播音员桑妮小姐圆润而甜美的声音。这个几乎每天都能听到其声音的女子却有个“乌鸦”的外号,仅仅因为她是天气预报的专职播音员,所以用这种传说会报丧的古代鸟类来命名她。每当听到她的声音,就表示接下来是一通下雨前的混乱,然而,他却从来不觉得桑妮小姐的声音是报丧。

因为,只能听到声音、从没见过模样的桑妮小姐,是他梦中的情人。

这是他从不为人所知的秘密，连 19 号都不知道。因为被人知道了的话，多半会被取笑。桑妮小姐拥有旧式姓名，肯定是 A 级公民，就算他能万分幸运地得到配偶权，也绝对不可能把桑妮小姐配给他的。他无声地叹了口气，抬起手腕又看了看，植入式液晶屏上正显示着“16:53:22”。

与估计十分吻合，进度完全来得及。这次降雨警告虽然紧急，不过却可以让他提前下班了，倒也不是什么坏事，只不过他的动作仍是不由自主地快了点。

如果真来不及赶回去的话，也可以在飞车里躲一阵。尽管飞车的密封性不是太好，雨不是太大的话也不成问题。对他来说其实还有一个办法，就是躲进暖房里。只不过这样做的话万一被监控器捕捉到，轻则受处分，重则连这份单调无趣的工作也要被翘掉。

他心里突然涌上了一阵说不出的烦躁。厌倦、疲惫，还有一点点忧伤。即使是一个 C 级公民，他也知道这些都是负面情绪，但仍是无法抑制。

不管怎么样，还是早点干完吧。

将第十一块玻璃幕墙换好，又将碎玻璃片都放进回收袋时，时间是 16:59。他吁了口气，正要走向飞车时，眼角突然闪过了一丝粉色的阴影。

那是什么？

他怔了怔，扭头看去。因为还有不到半小时就将降雨，天空中云层已经很厚了，玻璃幕墙上并没有什么刺眼的反光，他并不应该看错。现在也没到收获季，这一个种植片区里除了他应该没有旁人了。可是，他怎么都觉得，刚才看到的是一闪而过的人影。

而且，应该是隔着玻璃看到的。

他狐疑地看向方才那方向。然而，到处只是种着作物的暖房，密密麻麻，千篇一律，也根本看不出有什么异样。难道是看错了？他想着。这是唯一可能是正确的答案，只是他实在很难说服自己，刚才自己看到的是一些还没熟的番茄。因为他分明记得，那是一片柔和的粉红色。

也许是太累了吧？他有些慌乱。不下雨的时候阳光几乎要把人晒得脆了，在这样的环境下工作，的确会让人非常疲倦，甚至会让人神经错乱，所以他们这些维修工更新得相当快，而有些人宁可少拿些薪水也不愿干这份可以到地面上来的工作。当初他刚入行时带他的那个前辈，就在他面前突然崩溃了，他至今还记得那个原本和颜悦色的前辈突然间拿起工具，猛地砸向完好的玻璃幕墙的情景……然后，就再也见不到他了。后来听说，那个前辈就是长时间暴露在烈日下，加上 C 级公民本来就不太完善的脑神经被破坏殆尽。

难道我的脑神经也已经遭到损伤了？他暗暗掐了一下自己的手臂，然而瞬间传来的痛觉告诉他，神经系统一切正常，应该还没有事。他轻轻摇了摇头，把这些念头都抛到了脑后。

他走上了飞车，按下了回程键，飞车一下升了起来，向着出入口飞去。只是飞车在空中转向的那一刻，他突然又瞟到了一片绿色中的一小片粉红。只是飞车正以相当快的速度转到另一边，让他的视线一闪即逝。待他再扭头去看时，连方才是哪个方位都不记得了。

那儿真的有人？不过方才只是极短的一瞬中所见，他也不知道是不是自己的误判，把一堆果实看成了一个人。

反正那不会是 19 号说的鲁菲里。他有点自嘲地想着。

B、C 两级公民的名字都只是那一串长长的社保编号，而这个社保编号要跟随他一生……除非能升入 A

级。

这太不可能了。他不禁讪笑起来。有史以来，从C级直升为A级的，一共就只有五人，只不过，那全是追认。那五个最终拥有了旧式姓名的C级公民在活着的时候，与他一样只有一个C开头的长长的社保编号而已。

飞车花了十分钟抵达出入口时，因为本来不算狭窄的出入口升起了防护罩，一下小了很多，而地表工作人员几乎都在这时候回来，因此一下进入了高峰期，所有飞车只能排队鱼贯而入，他排到了最后。好在通行效率相当高，而且等候的飞车也不多，仅仅花了五分钟就轮到他了。

“还好你回来了，一块儿下班吧。”

当飞车驶进出入口，19号过来取消他的飞车权限时，小声说了一句。他淡淡一笑道：“我也没那么大胆子不回来吧？”

当出入口刚关闭起来，雨突然就落了下来。尽管桑妮小姐说这场雨只有小到中等，可事实上雨水仿佛从天上倾下来的一般，就算隔着厚厚的防护罩仍然听得到噼里啪啦的声音。尽管知道看不到的，可他仍是下意识地回头看了看。想到仅仅相差了几分钟自己就可能会暴露在这场大雨中，他就有点后怕。

这阵后怕一直伴随着他。一路听着19号喋喋不休地唠叨着鲁菲里，然后刷植入式液晶屏后进入快速电梯，以每秒十五米的速度向地心冲去时，他仍然感受得到自己内心那种棱角分明的恐惧。甚至，这一夜直到他沉沉入睡，隔着几百米的泥土，他仿佛还能听到地面上那一阵阵雨声。

碎玻璃一样的雨声。

二

然而他的不祥预感并没有成为现实。第二天的例行维护出乎意料地顺利，昨晚那场雨虽然一开始比桑妮小姐预报的要大些，但后来马上就变小了，所以并没有造成什么破坏，监控显示仅仅有两处小损伤。而这两处小损伤造成的损失也微乎其微，对作物的影响几乎可以忽略不计。

当一遍巡视已毕，两处损伤都已修补好，还没到十二点。离五点半下班还有足足五个半小时，他捡了块被雨水洗刷得雪白的石块坐下，掏出了合成面包和饮用水，开始今天的午餐。正盘算着该如何打发下午这多余的五个小时时，耳机里又传来了紧急消息将要发布的“嘀嘀”声。

又要下雨了？他不由愕然地看了看天空。今天的天空非常晴朗，甚至晴朗得都有点过分了，阳光正如雨水般倾下来，使得靠近地面的空气都在波动，造成远处的景物都有点变形。这样的天，实在不像要下雨。不过耳机里传来的总台的声音马上就解答了他的疑惑：“A22区东四13号房紧急报修，请距离最近的维修组C230501877917公民在二十分钟内赶到现场，坐标已输入213号飞车。”

地下每层有二十个区，而地表除了最多的种植区外，也有几个区。但那些都是A级区，他向来没有资格靠近，因此一直只知其地，却连位置在哪都不知道，现在才第一次知道坐标。

他把手里的合成面包塞进嘴里。干硬粗糙的合成面包倒不难咀嚼，他喝了口水，将面包屑咽了下去，马上坐进飞车，按下了启动键。因为坐标已经自动输入，飞车会自动飞往那个A22区东四13号房。

他一直想不通为什么有 A 级公民喜欢住在地表。虽然视野要开阔些，但地表层空气糟糕，而且会直接面临降雨，危险性远远大于地下层。固然 A 级公民居住区的房屋远比暖房坚固得多，防水层做得非常厚，可到底有这样的危险，这一次那户 13 号房看来就是如此。

很久以前，所有人都有旧式姓名……

飞车升起来时，他却突然想起自己前几年在实体书籍禁令颁发前从黑市上淘到过的一本《水浒传》。那不是常见的电子版，而是本古董级的纸质书，本来这书他已经读过好几遍，也懒得再看，只不过这种纸质书相当难得一见，他咬咬牙，花了七十个生命点买下。然而一翻开，却惊奇地发现水泊梁山一百单八将居然人人都有一个旧式姓名，而不是他读惯的从天 1 到天 36、地 1 到地 72 这样的名字！

那个时候没有飞车，没有暖房，没有地下层，也没有合成面包，然而有名字。也就是从那时候起，他就有意识地从那些年代久远的书籍寻找关于命名的段落，实是电子书中根本就没有这些内容，而实体书禁令颁布，连黑市上也再找不到一本了。

飞车开始下降高度，缓缓降落，那所 A22 区东四 13

号房就在眼前。虽然不知道这儿的具体坐标，但从飞车耗用的时间来看，居然并不远，离那个种植区最多也不过几百米而已。他不禁有些吃惊，那个种植区他基本已经走遍了，从没发现附近还有这样一幢A级住宅。当然，在极限升空零点五米的飞车上原本也看不了多远。只不过在13号房周边居然根本看不到12号或14号。尽管只是孤零零一幢，但防护设施非常完善，不要说降雨，就算冰雹都根本伤害不了厚厚的防护层。

这样子的防护层，除非是自身老化，就算成心想破坏也很不容易的，真不知哪里出问题了。

他正想着，13号房的出入口打开了，出来的，是一个相貌十分苍老的妇人。

这么大的年纪，只有A级公民才有可能达到。他有些愕然，尽管他已经存了二十多万生命点数，节省着用充其量也只能到这老妇人的三分之二年纪。他不无妒忌地想着，背着工具箱走出飞车，向那老妇人行了个礼，等着她发话。

“你来得晚了！”老妇人的口气很不友好，“假如你再晚十分钟，我就要投诉你！”

“对不起。”他有些不安地说着。A级公民在他这样的C级公民面前,向来都是一副颐指气使的模样。这让他很不舒服,可是工作本身就不是件舒服的事,而C级公民也没有感到不舒服的权利。好在这老妇人并没有语气上那么凶,看到他这副低声下气的样子,语气马上缓和了些:“昨天下了这么场大雨,有个屋角漏水了,快去修好。”

她指了指楼顶的东南角。

和地下住宅不同,地表房屋是凸出在地面上的,完全是另外一种模式。当他看到那个屋角时,就有点吃惊。极其坚固的防护层也已经因为老化而破损,使得雨水渗入了内层。这样的破损不是换几片暖房的玻璃片那么简单了,幸好还不是最严重。

“多久能修好?”

见他看着那屋角出神,老妇人问了一句。他道:“现在还不好说,要仔细检查一下。雨水没进屋里吧?”

“只有一点渗漏。”

如果仅仅是些渗漏,那还好。他从车里取出简易升降梯,拉长了靠到墙上攀了上去。一靠近那破损处,就闻到一股刺鼻的气味,显然雨水已经渗进了墙体。这种破损必须将渗水部位挖除,补好后重做防护层,否则会渐渐渗透进去,将整堵墙都腐蚀掉的。他仔细测量了渗水部位的大小后,估算好体积,攀下梯子,从车里取出补墙胶开始调配。渗过雨水的墙体会变得非常松软,再禁不起下一次大雨了,因此必须切除,然后调补墙胶修补。补墙胶干后相当牢固,不过调配时却有种相当不好闻的气味。老妇人站在一边显然有点不耐烦,看他调了一阵,问道:“要多久能修好?”

“大约三个小时。”

老妇人含糊地嘟囔了一句,虽然听不清,但多半是抱怨。他不敢多嘴,C 级公民原本就不能对 A 级公民有任何不敬之举, 只是开始搅拌着那盆气味怪异的补墙胶。如果是地下层,除了靠近地面那几层有可能会受到渗漏下来的雨水侵袭,他住的二十三层绝无这种担心。看起来,高高在上的 A 级公民,有些地方也不及他这样的 C 级公民了。只是不管怎么说,不下雨的时候,阳光也不那么炽烈的时候,在地表实在比地底舒服太多了。虽然调配补墙胶不是件乐事, 但他却当真有点希望能多做一阵子。

调好了补墙胶,胶水凝结大约需要一个多小时。这个当口, 他又爬上了梯子, 开始切割破损的那一块屋角。切割屋角更不是件乐事,要防备粉尘与未干的雨水飞溅到眼睛里,所以必须得戴上防护面具。透过面具,周围一下暗了许多,他开始用线锯锯下渗水的那块屋角。

虽然渗入了雨水,但地表房屋的墙体牢固程度远远高于地下层的房屋,线锯切下去时,发出了一种让人牙酸的声音,简直让他有种切割牙齿的错觉。

这种让人难受的声音还会持续好一阵吧。他有点沮丧地想着。只是当他把线锯再次压下时,手上忽地一空,线锯一下沉下了好几厘米。

下面竟是空的!

他不由一怔。如果墙体有这么大的空洞,那老妇人应该早就发现了才对,怎么一直要等到现在?他有点狐疑地将切下的那块已浸透了雨水的墙角拿下来。刚一拿下,却又是一怔。

拿下了墙角,露出了一个空洞。只是这个空洞比切下的墙角要大不少,显然这墙角原本就已经出现了一个缺口。而在这缺口上,竟然放着一本书。

这是本老式的纸质书,因为昨天的暴雨,书已经浸透了雨水,大半都变成一堆凝胶样的东西了,只有一角还完整。当实体书籍禁令颁布后,收缴上来的书籍被销毁，就是堆放在露天接受雨淋。那时他还去专门看了看，那个堆放书籍的大坑里积满了雨水后，就开始融化,成为一大摊粘胶状的东西。而他在黑市买来的那些书,也在被搜查出来之前,放在了同一个地方,融成了一堆黏稠的液体了。

真是可惜。他想着。

他并不算是一个很遵纪守法的人，在不引起注意的前提下,他不介意在法律的边缘游走,所以也才会去黑市花上好几千生命点数购买那些既难以保存又容易犯忌的古书。眼前这摊粘胶状的书如果有电子版还好,但如果没有电子版的话,自己还没看过就变成这样,实在太可惜了。

“怎么了？破损很大吗？”

老妇人的声音突然又从下面响了起来，他这才回过神来,说道:“是有点大。比先前估计的大。”

老妇人叹了口气道:“那你补吧，这间屋子的门我已经锁上了,钥匙给你放这里,你补内墙时自己开门进去,我先去午睡,好了叫我。”

午睡。这个词对他来说已经是那么遥远。还是当初在技能学校里，每天中午允许他有半小时的午睡时间，现在早就已经离他远去了。老妇人显然也没心思留在这里看着他修补，已经回到了屋里。

等老妇人进了屋，他这才将残存的书角拿了起来。说是书角，其实只不过是几片残破的纸而已。只有一片还有字迹。他拿起那片有字的纸，上面只有一行半字：

你可曾记得我们不期而遇的那场雨

在离家那么远的地方

是首诗啊。

他叹了口气。当初禁令还没颁布时，黑市上的古书除了按页数，还按内容定价。故事最贵，诗最便宜，而那时他买的，也全都是故事。见这本书是最不值钱的诗集，他的怜惜之情一下淡了许多。因为就算完好，他多半也不爱看。他把这几片纸全扔进了那堆粘胶里。马上，纸片融化了，同样成了粘胶。半透明的粘胶中依稀有些黑点，那是这本书上曾经有过的字迹的唯一证明。他几乎有点慌乱地将这摊黏稠的东西刮掉，扔到了地上。很快，这些黏液就会被阳光晒干，再也辨认不出来了……

当他看向那摊落到地上的粘胶时，眼角突然看到出入口。出入口还开着，半张小小的脸露了出来，正打量着他。

这是个女孩子！

他突然想起了当初在技能学校时的那个女同学了。

技能学校中并不允许学生互相交往，所以就算在同一个班上也几乎不说话。然而就算是在这样严苛的环境里，他与隔壁的护理班上一个下巴尖尖的女孩子产生了一种默契。每天上午第三节课，两个班会互换教室。当两班的学生在过道排成两排交错而过时，他和那女孩总会在交错的一刹那互相看一眼。

你好吗？我很好。今天有些热。今天有点累。就在擦肩而过的短短的几秒中，他能读到那女孩眼里所说的话，而她也一定读得出自己的。这种心照不宣的友谊给他在技能学校的三年默淡生涯添上了一丝色彩，然而当他毕业得到社保编号后，就再也见不到她了。他得到配偶权的可能性很少，就算万一能得到，也不会允许他挑选配偶的。在刚毕业的那些日子里，他绝望得几乎要哭泣,然后……就忘了。眼前这小姑娘与那个女同学几乎没有相似的地方，可还是让他想起了这段几乎已经遗忘了的记忆。他笨拙地冲她扬了扬手,刚想说句什么,但这女孩仿佛吓着了一般,一下缩了回去。

A 级公民,与 C 级公民太不一样了,不仅仅是住的层次而已。他想着。A 级公民的住宅都有完善的空气过滤系统与采光设备,就算住在地下层也很舒适,他实在想不通为什么这户人家要冒着风险住到地上来。只不过 A 级公民的想法,不是他这种 C 级公民可以揣测的,所以就算这屋中有这么个女孩子,也与他全然不相干。这时他倒有点庆幸没有真打招呼，因为 C 级公民是不允许先向 A 级公民发言的,就算对方是小女孩也不行。

切除了破损的屋角，然后拿补墙胶小心地填补空洞。等补墙胶干结后再涂上一层颜料,将受损的防护层做好,外面就再也看不出来了。现在还要做的是室内修补。和 C 级公民住宅只讲实用不同,A 级公民的住宅更讲究舒适性。如果屋角有这么一块颜色相当突兀的补墙胶,肯定会非常难看,所以必须在屋内也进行修补。他收拾好东西,走进了出入口。

进入 A 级住宅,对他来说是极难得的机会。确切地说，有生以来还是第一次。以前他只以为技能学校是世上最高级的房屋，但一走进这幢屋子，就明白自己错得有多离谱。不过这幢屋子也并不很大，需要修补的那间房间就在边上，门紧锁着。

他开了门。刚把门推开，便又是一怔。这屋子空空荡荡，都有半个坐式足球场那么大了，放着一些他见所未见的设施，看起来应该是健身用的。

真是奢侈。

他想着。单单这间房间，就足有他住处的五倍大，更何况整幢房子还要做昂贵的防护层。这样一幢房，对他而言是做梦都难以想象的。

命里有时终须有，命里无时莫强求。他默默念叨着当初从黑市上买来的旧书上看到的这句话，将升降梯支好，爬上去开始磨平屋内的补墙胶。补墙胶干结后会比原先的材质还要牢固，非常难磨，所以必须要趁现在还没完全干的时候磨平。其实在地下层的 C 级公民房，偶尔有大的破损用补墙胶补过后，如果也是这样的墙角是不会磨的，除非是平时碰得到的地方，但 A 级公民的屋子并不一样，除了实用，美观也必不可少。

磨平了补墙胶，现在就等补墙胶彻底干结了。他收拾好工具,觉得肚子有点饿。本来,现在这时候应该回去了，但这道突发的指令让他忙到现在，连饭都没吃过。好在包里还放着一个合成面包,这是他平时工作时当成备用粮食的,便打开包拿了出来。

以前他曾听人谈论天下最难吃的东西，最后的共识就是合成面包。平心而论,合成面包远远不是最难吃的,但这个东西天天都得吃,不吃就要挨饿,所以难吃程度无形中便增加了。不过合成面包虽然不是最难吃的,主要原因还是别的东西更加难吃,而不是合成面包好吃。这种面包干硬,无味,甚至还有点补墙胶的怪味。只不过这是主粮,不吃也得吃。

他叹了口气,用线锯切下了一片合成面包,放进嘴里慢慢地咀嚼。

虽然难吃,但合成面包也有个好处,就是耐饥。这一片面包吃下去,至少可以顶到晚上。只不过要咽下去实在很费力，他咀嚼了半天，本想用唾液将面包润湿了,但面包仿佛一下子反而吸干了他的唾液,咀嚼后更是成为一层有尖刺的碎屑,他抻长了脖子,也仍是难以下咽。他摸出了饮水瓶,然而瓶子里只倒出了几滴残沥而已,完全没有任何感觉。

如果回到家里,还能去黑市买瓶水应急,但现在却没办法了。他苦着脸看着手里这半片合成面包。从某种角度上看，合成面包简直和他刚锯下来的那个墙角没什么两样,甚至更干燥一些。

硬吞下去的话，只怕喉咙都会被割破。他叹了口气，正想收好这片合成面包，却听得身后传来一些轻响。他回头看去,却见一个小女孩正从门外探出了半个身子看着他。

正是刚才在出入口的那个小女孩。她的眼睛里带着点惊慌与不安，见他发现了自己，下意识要缩回头去,却又探出头来。

“你……是不是口渴？”

小女孩细细的声音仿佛一根细丝。也许是他神经过敏,他觉得这小女孩的声音居然有些像桑妮小姐。他多少有点难堪,但现在是她开始说话,那自己回答当然不违反规定了。他笑了笑道:“是啊,挺干。”

“要不要喝点东西？”

这个问题太有诱惑力了,他几乎没有多想,便把手里的饮水瓶递给她道:“要不麻烦的话，请给我点水吧。”

他不知道A级公民有多少饮水配给，但肯定比他要多得多。本来要多干这一趟活多少有点不快，但现在他在心底庆幸自己的幸运。小女孩接过瓶子，轻轻地跑了出去。她的脚步声也很轻，轻得几乎听不到。很快，她拿着瓶子回来了："给你。"

他接过瓶子。瓶子已经灌满了，他几乎有点急不可耐地喝了一口。只是流进喉咙的竟然不是无味的饮用水，而是相当醇厚的合成奶。

虽然合成奶也有"合成"两字，但与合成面包全然不是一回事。合成奶是用各类果蔬打浆，除色而成的饮料，是欢乐屋提供的合成饮料中最高档的一种，在他居住的地下二十三层饮料吧中，一杯没这么浓的就要卖到五十个生命点，他只有难得奢侈一下时才会要上一杯。果蔬合成的奶醇厚而甘甜，仿佛一条细线，从他的喉咙口直流下去，甚至嘴里干硬的合成面包也似乎一瞬间变得美味起来。他又喝了一口，这才从唇边挪开，小声道："谢谢。"

女孩眨了眨眼，似乎很不习惯他的这句感谢。好半晌，她小声道："你没跟陈嬷嬷说吗？"

"说什么？"

女孩指了指墙角,他一下回过神来,低低道:“那书是你放的?”

女孩眼中突然流露出深深的惧意，人猛地向后一跳,什么话也不说便闪到了门后,只是并没有离开,仍是露出了半张脸。他马上回过神来,冲她挤了挤眼,低低道:“放心吧,永远不会有人知道。”

她长长地舒了口气。

那本书肯定是她藏在里面的。她不知怎么,发现了墙上有这么个隐蔽的洞,便把书藏里面,谁知却被这场突如其来的大雨暴露了行踪。实体书禁令颁布后,拥有纸质书就是触犯了法律，就连这个 A 级的小姑娘也知道。只不过知道这个小女孩也喜欢书,让他有种难言的喜悦,仿佛……仿佛走在最深最暗的地下屋,正在慌乱的时候,却发现远处有一点光时的那种喜悦。他把瓶子里还剩下的一点合成奶一饮而尽,拧上盖,说道:“你喜欢读诗?”

女孩有些局促,好一阵才道:“什么?”

“那个,”他指了指已经补好了的屋角,“那就是诗。”

她摇了摇头:“我不知道。”顿了顿,又小声道:“我不识字。”

他怔住了。A级公民不识字！实在出乎他的意料。然而女孩清澈的眼神让他相信这不是句谎言。他道："那你哪里找到的这本书？”

仿佛听到了什么恐怖的事，女孩眼中一下浮起了一丝荫翳，很低地道："你千万别跟嬷嬷说。”她说着，看了看手中的空瓶子，又道："我再给你倒一瓶。”

这就是贿赂吧？他不禁想笑。“贿赂”这个词，对他们C级公民来说是最寻常不过的事了，只是他没想到这个小小的A级公民居然也会，而且贿赂的对象会是自己。他重重点了点头道："当然，永远不会有人知道。”

她又倒了一瓶合成奶过来。这一杯比方才那瓶更满了些。他慢慢地享受着这一瓶小小的贿赂，阳光从窗子里照进来，映在地面上，明亮而清洁，毫无危险。

如果不下雨，地表真算得上一个美好的地方。当然，得是这样有防护层的地方，否则很快就会变成一片废墟了。

“那本书里，讲的是什么？”

女孩突然轻声问了一句。他扭过头，微笑道："是本诗集。”

"什么是诗集？"

他有点语塞。不是不想回答,他是真不知道该如何去解释。"诗"这个字,他其实也是从黑市上的书摊才读到的，但他一直都不知道这些一段段的费解文字到底有什么意义。他道:"就是一段段的话。"

"怎么样的话？"

他想起了残存的那张纸片上的那几个字。虽然纸片融化了,但如此简短的一句话倒还记得一清二楚。他说道:"那上面写的是:'你可曾记得我们不期而遇的那场雨,在离家那么远的地方……'"

她怔了怔，却笑了起来:"真糟糕！那他们躲在哪里？一定吓坏了吧？"

大概是吧。就如他,如果在上班时遇到下雨,那可真会吓得魂不附体了。他道:"大概吧,不过准有地方好躲的。"

她点了点头:"是啊。昨天你就躲进那辆飞车里了。"

也许是他的表情狰狞了点，女孩踉跄着倒退了两步。他只待再问,楼上突然传来了几声咳嗽,是那个老妇午睡醒来了。女孩脸上更是惊恐,小声道:"千万别说出去！”拿着杯子转身便跑开了。

当老妇下来时，他正在打磨着屋内的补墙胶，再涂上和墙体同色的涂料。现在已经基本上看不出来补过的痕迹了，老妇显然也很满意，检查完效果后便在他手腕上的植入式液晶屏上按上了一个评价，没再说什么。

离开这幢房子时，女孩一直没再出来。但当他坐上飞车时，他发现女孩正在二楼的窗口贴着窗玻璃看着自己。隔着玻璃，他敢断定，她定然就是自己昨天在种植园一瞥时所见到的粉色身影。

虽然这儿离种植园并不很远，但这么一个小女孩怎么可能躲过无数监控到达种植园的？而且当时她分明是在暖房里面。然而只有种植组的人才能进入暖房，而且会经过非常严格的安检。也许只有问她自己才能得到答案，只是他也知道，自己未必能再有这样的机会见到她了。

真应该问问她的旧式姓名是什么。

他突然想着，心头却不知怎么又浮现了那张纸片上的残存的两行诗来：

你可曾记得我们不期而遇的那场雨

三

“你今天请假了？”

19号啜了一口合成奶，一边眯着眼看着那边正播放的一部教育电影，小声向他问道。

那部教育电影倒是新近制作完成的，讲述一个C级公民为保护公共财产不惜牺牲自己生命，最终赢得了配偶权的故事。这也是每个欢乐屋必备的娱乐用品，寓教于乐。这部电影也不知是在哪层制作的，因为C级区的每一层都是相去无几。他漫不经心地看着屏幕上正在以超越常人的敏捷奔跑的男主角，低低道：“今天我被抽调到A3区去了。”

19号怔了怔，放下杯子，向他凑了凑道：“听说那儿被破天者袭击了？”

“嗯。”他点了点头。

所谓破天者，是一群罪犯。这个聚居点的公民分为三级，统治者被称为天人。因为破天者认为天人的权威必须被推翻，所以有了这样一个自称，而天人的行踪几乎无人知道，所以他们的目标往往是仅次于天人的A级公民。虽然这样的口号相当冠冕堂皇，但他也听到过另外一个未被证实的消息，各层无所不在的黑市背后，很多都是破天者在主持。

“要几天完成？”

“明天必须完成了，后天会有降雨。”

由于A3区位于地下一层离地面很近，一般来说雨水并不能造成什么影响，但有了破损后就很难讲了。根据预报，三天后会有一场降雨，所以修缮工作必须在两天内完成。破天者造成的破坏相当严重。破天者使用了燃烧弹，不少原本宽敞华丽的A级住宅被烧作一团焦黑，其中有五幢必须要切除大半后进行修缮，几乎和重建没什么两样。尽管集中了不少维修组人员，工作仍然相当困难，但应该能在限期内完成。

闲聊一下面临了冷场，他也不知该如何继续下去。本来，旨在放松的欢乐屋里聊这些工作，未免太过沉重了。他犹豫了一下，说道："对了，每层都有欢乐屋吗？"

“除了A级区，都有。”

这个话题几乎瞬间也到了绝境。对于C级公民而言，欢乐屋是他们唯一能放松的地方。这儿不仅有各种各样的合成饮料,还有虚拟实景游戏可以释放压力,运气好的话甚至还能从偶现行踪的黑市行商手里买到酒精和毒品。不过现在的黑市商人已不再做实体书生意了,而不论是酒精还是毒品,他都没兴趣。而那部教育片却也恰如其分地告一段落,开始了插播公益广告。

公益广告拍得美轮美奂,多半是天人一号的指示。这些耳熟能详的话，其实他在技能学校就学过很多遍了,现在仍然常能听到。当播放完几段广告,教育片又回到了正片。

他们说时间能治愈一切创伤

他们说你总能把它忘得精光

但是这些年来的笑容和泪痕

却仍使我心痛像刀割一样

欢乐屋中响起了那部教育片主题歌的声音。这其实是一首过气很久的老歌，因为这些缠绵哀怨的曲子在C级区很受欢迎,娱乐组时不时都会推出一两首来,除了那些非常受欢迎的,别的都很快就被人遗忘。这首歌已经有好几年，没想到又被这部最新出品的教育片用上了。屏幕上,故事已经到了高潮部分,男主角必须在保护公共财产与女主角之间做一个抉择。虽然男主角万分痛苦状，但他不用看都知道男主角肯定会选公共财产了，因为娱乐组制作的电影都必须有一个正确立场。

禁止实体书，就是因为很多书的立场不那么正确吧。他默默地想着。正想着该说个什么大家都有兴趣的话题好让闲聊继续下去,门口突然响起了一阵喧哗。他向门口看去,却见不少人都已不顾正在高潮处的电影,离座而起挤向门口,他有些诧异,问道:“怎么了？”

“天人一号来视察了！”

天人！而且是一号!

他的呼吸一下急促起来。天人很少露面,甚至,聚居点到底有多少天人也没人清楚,传说有三个,也有人说有五个,只是都没有确证。天人是这个聚居点顶端中的顶端,而天人的顶端就是天人一号。尽管极少有人真正见过天人一号，但天人一号这个名字却几乎伴随着所有公民的一生。

他做梦也想不到自己会在这地下二十三层的 C 级公民区见到传说中的天人一号,还没等他站起来,方才还一副垂头丧气模样的 19 号已经一跃而起,直冲向门口。

宽厚,仁慈,睿智,英明。这些褒义词都可以用来赞美天人一号。天人一号保障最底层公民的权益,一直坚持每周五十小时工作制，保证每周一次休息日……正因为如此,尽管破天者宣称要打倒天人,并且也得到了一些公民的支持，但这种极端思想根本得不到广泛的响应,所以至今仍是在秘密活动。而天人一号也因此更受人爱戴，几乎要让人忘了那是真实存在而以为是个传说了。一直有个传说,说是能见到天人,会给人带来好运。其实也并不奇怪,对 A 级公民来说都是极难得的事,而 C 级公民只能在受极大表彰时才可能见到天人。如果见到天人会有好运,那么见到天人一号的话,那就是无比的幸福吧。

他对天人一号有种难以言说的敬仰，却没想到 19 号居然比他还要急。当他冲到门口时,门外已经挤满了出来的人,他根本到不了前面,只能在人群的缝隙向外望去。好在外面的灯光虽然不亮,但还是能看清楚,就在前面大约十几米远的地方，有七八个人正围在电梯前。这些人与他们这些 C 级公民最大的不同就是全都衣冠楚楚，举止慢条斯理。而这个时候电梯正好开了，有个人……

陡然间，他猛地屏住了呼吸，因为当看到走出来的那个人时，他险些叫出声来。

是她！

当看到一个穿着淡色长裙的女子走出来时，他几乎立刻这么想，但马上又被自己否定了。

这架竖直电梯平时这个时候已经停止运行了，现在却为了天人的到访而破例开动。昏暗的灯光映在电梯口，他只能看到天人的侧影。而这个侧影看上去，实在与那个小女孩太过相似了——除了那个女子的面容细看之下明显要苍老很多，也严厉得全无表情，同时走路时显得相当无力，完全不似传说中无所不能的天人。在这个不年轻的女子身后，站立着几个极为孔武有力的男人，将她围得严严实实。

他只觉一阵眩晕，人也沉没在迷惘中了，都不知道那些A级公民簇拥着天人什么时候离去的，直到19号拍了一下他的肩头。

"想什么呢，一号已经走了。"

据说见过天人，能让人神清气爽，精力充沛。这种传说在C级区流传甚广，但他一直不太相信，然而看周围那些人的样子，却也有点觉得未必没有道理。他道："天人一号……她来这儿做什么？"

"做什么？天人要做的事你猜得到吗？反正这些日子一号应该在巡查各层。"

19号打了个哈哈。对他们这些C级公民而言，位于中层的B级公民就是不可向迩的目标了，更不要说高高在上的天人。

坐回座位上，电影仍在继续，男主角已经选择了公共财产，并且在痛苦与不后悔中，然而观众已经对他失去了兴趣，人们都在说着方才这一段插曲。亲眼见到天人，足可以让他们引以为傲地谈上好多天。他端起杯子，突然小声道："天人也会生育吗？"

19号正啜着合成奶，一怔道："怎么可能，天人永生。你怎么问这个了？"

当初他在黑市买的古书中，很多都讲到了人类有父母、有子女。显然古代的人类和现代一样，是完全通过生育来传承的，只不过当时的生育权并不是只有繁殖组才拥有而已。然而传说天人完全不一样，天人是通过重生的方式传承，所以人类代代相传，而天人永生。

这个传说还是他在技能学校时就听到过，然而他一直无法理解天人为什么能够永生。作为C级公民，生命点数用完了，生命也就结束。而偶尔，生命点数还没用完，生命同样会因为意外而结束。

“没什么。”

他喝了一口合成奶。欢乐屋买的合成奶品质远不及那个女孩给他的，喝上去要稀薄得多，可还是让人有种满足感。虽然他没有再说什么，19号仍是自言自语地说着：“天人能重生的。一号这模样也挺老了，应该很快就重生了吧。”

“重生？”

19号嘿嘿一笑：“当然。你以为天人和我们一样就一次生命吗？他们到老了，就又回到小的时候了。”

他怔了怔，只觉杯子异样的沉重。如果19号说的是真的话，那个小女孩……她也许真的是天人？只不过，这个天人正在重生，所以目前还是个小女孩的模样。

他不知道这个猜测是否正确，反正对他来说，天人本来就是高高在上、遥不可及的。就算天人一号在他心目中如此伟大，如此温厚，但也同样如天之于地，就算远远地看一眼都是无上的幸福。一般来说，他也不太可能再有机会见到那小女孩了。他突然感到了一阵凄楚,又喝了一口合成奶,把注意力集中到那部已进入尾声的教育片中去了。电影中的男主角正在面临最大的危机,一些想要破坏聚居点安全的犯罪分子给空气过滤装置装上了炸药,一旦得逞,整个聚居点很快就会陷入窒息,特别是最底层的 C 级公民,将要率先以各种凄惨的形态死去。而男主角义无反顾地走上了拯救这个世界的道路。

制作这些教育片的娱乐组基本上是 B 级或 A 级公民,但有意思的是,教育片主角绝大多数都是 C 级公民。也许,需要教育的,绝大多数都是 C 级公民吧,A 级,甚至 B 级公民,都天生比 C 级公民更加睿智聪慧,所以不需要多教育了,只有冥顽不灵的 C 级公民才需要这样耳提面命地教育个不停。

他有些自嘲地想着,将杯中剩下的一点合成奶一饮而尽,站了起来小声道:“19 号,我先走了。”

“不坐了?”

“不坐了。”

他走出了欢乐屋。门外的空气有些闷热污浊,因为不似欢乐屋里有独立的空气过滤机。走了一程,他又回头看了看那间还闪着灯的屋子,电影仍在继续,屋里传来的是那首歌的下半段：

这只不过是没有希望的痴想
消失起来像春天一样快
可是一句话，一个眼色
却教我胡思乱想，失魂落魄

那部教育片应该已经进入最高潮了，然而他实在没有兴趣再去看。在他脑海中，来来去去总是闪过那个小女孩的模样。

天人。她真的是天人吗？

四

“完成了？”

19号在给他授权时，又小声问了一句。他道：“是啊。”

“今天会有降雨，小心点。”

“要十二点过后才有降雨。”

A3区的工作完成了，从今天开始又要回到地表工作。尽管今天预报会下雨，但他的工作不能有丝毫耽搁,十二点多会降雨,之前他仍然必须进行例行巡视。

希望别有上回那么大规模的破损了。当飞车驶出出入口时,他看了一眼天空。但马上,炽烈的阳光让他有点眩晕。这个夏天特别炎热,而越是炎热,就越有降雨的可能。每次降雨都会让他提心吊胆,生怕什么地方会有些意外的破损。假如破损严重,相关责任者会被追责。

当初那个前辈就是这样被注销工作，扣除了所有生命点数,因而崩溃的。假如是我的话……

他不敢再往下想了。这时飞车也已经降落,停在了惯常停放的空地上。

因为有一周多没下雨，雨水早已被炽热的阳光晒干了。被雨水浸润又晒干后的土质变得相当干硬,上面遍布细小的裂纹。这些泥土虽然与暖房中的看上去没什么两样,但除非进行代价昂贵的处理,否则根本无法长出任何植物来……除了那些毫无用处的苔藓。

虽然是例行检查,但还算顺利,只有三处小损伤。这三处损伤里有一处是围墙有少量破损,问题不大,用补墙胶补一下就大功告成了。看来今天的工作时间只有平时的一半,但强度并没有相应增加一倍。这个好消息让他有点欣慰,人也轻松了不少。正小心地切除着伤损的墙体,开始用补墙胶修补缺口的时候,耳机里突然响起了“嘀”的一声长鸣。

坏了？他下意识地伸手按了按耳机。然而,耳机中立刻传来了桑妮小姐急促的声音:“特急通知，五分钟后将有一场大暴雨,将持续一小时十分,请相关人员立刻进入应急避难所！”

桑妮小姐的语速虽然快了些，但语气仍和平时一样平静,但他却惊呆了。五分钟！预报是十二点过后才有降雨,现在却只是十点多,也就是足足提前了近两个小时！这点时间根本不够他赶到最近的避难所,甚至赶到飞车边上都不可能了。只不过他还有唯一的选择,那就是躲进暖房,逃过这场突如其来的暴雨。

你可曾记得我们不期而遇的那场雨
在离家那么远的地方

他突然想起了那张残纸上的这两句诗来。写下这两行文字的人，在突然要面临一场暴雨时一定也是惊恐万状、惶惶不可终日吧。这个时候他倒是能理解一些“诗”这种体裁能够存在的原因了。

暖房都有门，但没有钥匙是无法从外面打开的，所以只能破坏墙体或玻璃幕墙才能躲进去。一旦破坏了玻璃，雨水将会灌进暖房里，作物被毁是小事，暖房里昂贵的种植土若被损毁大半，事后自己多半会被注销资格，辛苦积攒的二十多万生命点数恐怕也会被罚得一点不剩，甚至可能被送到30区去。破坏墙体造成的后果当然没那么大，天晴后可以修补，然而要在五分钟内破坏出一个足以让自己钻进去的大洞，那也是根本不可能的事。正当他快要绝望的时候，眼角突然闪过了一个细细的粉色影子。

又是幻觉？他怔了怔，抬头看去。只是让他意外的是左前方大约五六十米远处一个暖房的侧面，有个小小的人影正向着自己招手。

有人在招呼自己！

尽管那个人影未免太小了点，这事怪异得都不像是真实的，但他已经别无选择。桑妮小姐虽然被称为乌鸦嘴，然而她播报的降水预报大多相当准确……尤其这种紧急预报，更是百分之百准确。现在时间大约过去了一分多钟,他还有三分钟时间。好在他是个地表工作者,每天都要步行不短的距离,要在三分钟时间里奔跑五十多米,对他来说并不是件太难的事。

四十米……三十米……二十米……十米……

刚看到时,只能看到玻璃幕墙外伸出的一只手臂。如果不是因为这儿净是整整齐齐的绿色暖房,别的什么都没有,他都未必能够发现。到了十多米远时,他才看清,在那个暖房边站着的,竟然就是那个女孩子。

虽然知道距离她居住的那幢 A22 区 13 号房不太远,然而这儿根本看不到那幢房子,她怎么会在这儿?只是现在已由不得多想了,他用足了力气向前奔跑。一跑到她身边,这才发现这幢暖房侧墙那扇门竟然开着,她已经钻了进去,他也顾不得一切,一个箭步跟着进去。

在外面看起来,暖房很是低矮,但到了里面才发现原来空间并不算小。他的个子不算矮,站在里面也仍然可以站直。当他冲进暖房时,女孩开始用力拉着那扇门。这门很沉重,她的力量显然不太够,他伸手帮着她将这门拉上,"砰"地轻轻响了一声,这扇门才掩了起来。

“你怎么会在这儿？”

一关上门，他就急不可耐地问道。也许是都在这暖房里的缘故，他总觉得眼前这女孩比上一回见到时高了些。

她正仰着头透过玻璃看着天空。几乎一瞬间，天色已暗了下来，乌云以肉眼能见的速度堆积在头顶。听到了他的问话，她扭过头来：“快跟我来。”

他想问的实在太多了，但女孩不由分说的态度让他一个字都说不出来，只能乖乖地跟着她走去。她究竟是谁？是天人吗？这个女孩身上有太多的秘密了。

暖房很大，里面的作物都种植在一个个方方的平台上，平台间留着只容一个人的过道。作物成熟后，采摘组就是站在过道上收集果实的，这样既不破坏作物，也能方便采摘。那些平台里堆的都是昂贵的种植土，细腻而柔软，完全不像外面的泥土那样干结后硬邦邦的。虽然他每天都能透过玻璃见到这种种植土，但离这么近还是第一次，让他几乎有种敬畏。就在他走过两个平台的时候，随着天空中闪电一亮，雨已倾盆而下。他下意识地缩了缩头，但马上回过神来，自己是在暖房里，雨淋不到自己头上。

“下雨前探头都会收回去，现在这儿做什么都不会被发现的。”

当雨落下来的时候，女孩站住了，低低说了一句。他恍然大悟，说道：“这样啊，你怎么知道的？”

“我看过很多次了。”

因为怕被雨淋坏吧。以往快要下雨时，他都已经回到了地下，当然也不可能发现这种事了。他抬起头看着，雨水从玻璃天幕上倾泻而下，却没有溅到他身上一滴，倒是种十分奇妙的景象。他正仰头看着，女孩忽然伸出手来，说道：“你把手伸出来。”

虽然是种命令式的语气，但他丝毫都没有感到不快。他伸出了左手道：“怎么？”

“你的手好长……咦，你也有这个啊。”

女孩指着他的左手腕。在他的左腕上，植入式液晶屏上正显示着一个闪烁的时间。他诧道：“怎么了？”

女孩捋起了袖子，展示着两个光洁的手腕：“好奇怪，你有，陈嬷嬷也有，就我没有。”

她真的没有植入式液晶屏！

不论是A级、B级，还是C级，都有这块植入式液晶屏。这是所有公民出生时就已植入的，既是身份证明，也是生命点数的展示屏，让你随时可以知道自己的生命究竟还剩多少。据说只有天人才没有植入式液晶屏，因为天人永生。

眼前这个小女孩，难道真的是天人吗？

“你的手比我长多了，说不定能摸到！”

女孩说着，走到了暖房最边上的平台里边。他跟了过去，问道：“摸什么？”

这个平台与别的平台有点不同，上端明显粗糙很多，也要厚不少，应该是那种非常古老的水泥墙体的残余，因为后面还堆了不少破裂的水泥块。这暖房是在一些古建筑的废墟上建起来的，要清理掉这一块残墙，还不如把它当成平台的一部分，而这边因为背阴，作物长得并不好，采摘组从另一边就可以把作物采摘干净了，所以从不走到这边来，因此连这些水泥块都一直没人清理。女孩已经弯下腰去，把两块水泥块搬开了，说道：“这儿。”

一搬开水泥块，那平台的墙根处露出了一道大缝。先前因为有水泥块遮着，就算有人偶尔来到这儿也不会发现。女孩抬起头道：“你把手伸进去。”

他伸手试了试，虽然缝隙并不大，他的手还能探进去。只是他有点犹豫:“里面是什么?”

“有书。”

“书?”

他怔了怔,向里看去。因为没有光照,只能隐约看到里面的样子。看进去时,还真能看到一本实体书的模样。

“里面应该有好多,只是我只拿出来一本。”

就是那本成了一团黏稠浆液的诗集吧?他想起了当初在黑市上买纸质书的情景了。那时书也不算很畅销的商品,买的人并不多,但价格相当贵,那本有旧式姓名的《水浒传》就曾花了他二百个生命点。随着实体书禁令,他已经好久都没摸过书了。他蹲了下去,将手探了进去。

里面的空间出乎意料的大,而且四壁异样的光滑。顺着壁摸过去,他的手臂越伸越长,而缝隙口粗糙的断面也擦得他的上臂有些疼痛。正当他有些想放弃的时候,指尖突然触到了一些薄薄的纸页。

真有本书!他的脸上露出了异样的表情,女孩也有些兴奋,小声问道:“找到了吗?”

“等一下!”

他又努力向里探了探。现在已经到了手臂的根部，连肩头都快要伸进去了。虽然还抓不到书脊，但他的手指已经能夹住两三页纸页。他知道这些古书的纸页会相当脆弱，因此不敢用力，只是轻轻拉了拉。他生怕会一把将纸页扯破，然而幸运的是那本书还相当坚韧，被他拉出了几厘米。

“能拿出来吗？”

女孩也趴了下来，盯着这个已经被他堵了个严严实实的缝隙。他轻轻地扯动着书页，几乎是一毫米一毫米地将这本书抻出来。雨还在下，雨点砸在玻璃幕墙上发出“咚咚”的声音，总是令人担心。如果这幕墙突然垮下来，那么几千克雨水就会兜头浇在他身上了。只是他已经忘了恐惧，全部心思都集中在缝隙中那本看不到的书上了。

慢慢地，慢慢地。终于，他的手指钩住了书脊。他一把夹住了，从缝隙中缩回手臂，手中抓着那本薄薄的书。

看到他的手上抓着的那本书，她几乎是狂喜地轻声欢呼了一下，正要从他手中拿那本书，却又停下了。

“你的手……”

他的手臂上有两道伤口。不深，但鲜血还是流了出来。这是刚才被粗糙的缝隙边刮破的。他伸手擦掉了血痕，只是伤口的陈血一擦去，又有新的血涌出来。他道：“没关系，明天就会好的。”

他说着，把书递到了她的手上。只是她反倒更加局促了，接过书来茫然地看了看，说道：“这上面写的是什么？”

他记得她说过自己不识字。一个天人，应该不可能不识字吧？但他也不敢断定。毕竟，昨晚他还是有生以来头一次见到天人。他看了看这书的封皮，不无失望地说道：“是本诗集。”

“还有吗？”

“应该有，可是拿不出来了。我回去找个夹子，说不定还能夹出两本来。”

“夹子是什么？”

没等他回答，女孩已经轻叹了口气，说道：“算了，你懂得真多。先给我念念这本书吧。”

当发现自己费尽力气，还刮伤了手臂拿出来的又是本诗集，他已是失望得想长叹一声，几乎要把这书扔回去了。只是女孩的央求让他打消了这念头，他拍了拍书上的灰尘，翻过来，却发现没有封底，才知道这书只有半本。虽然这本书页面还很完好，但毕竟年代久远，从中间裂成了两半，他抻出来的仅仅是上半本，怪不得那么薄。

半本就半本吧。因为是本诗集，他倒也并不觉得如何惋惜，便捧着书念道：

可记得夏天完了的那天
我避雨避到你的屋子里
呆看玻璃窗变成了泪眼

他顿住了。这几句诗所描绘的，几乎就是方才的情景。夏天快要结束的那天，雨。他抬了抬头，却发现有雨水淌下的玻璃幕墙还真的有点像流泪的眼。

“又是雨啊。这个人也很害怕吧。”

女孩轻声说着。她眼里也有些迷惘，仿佛看到了这诗中所描绘的一切。她是住在地表的，应该有无数次看到更像是泪眼的玻璃窗了，所以会更有共鸣。他道：“也许吧。还要念下去吗？”

“念下去吧。”

女孩坐了下来。靠着平台的水泥壁,头顶作物的那些宽大叶子伸展开来,倒是给了人一些安全感。他低声接着念道:

我像看见家乡的烟景
这时父亲在翻阅旧历书
母亲在愁对满天的暗云

如果我觉得难受,不吃饭
想出门,姐姐一定要怪我
哪儿去？怎么不带一把伞

他停下了。父亲,母亲,姐姐。这些词在以前他读过的书里也曾经读到过，只是他第一次觉得这些词汇仿佛流成了一摊清凉柔软的饮用水，从他的心头缓缓流过去。只是他并没有感到有什么恐惧,只是一种心头仿佛被堵住了的感觉。

是哀伤。

“还有吗？”

女孩的声音打断了他的思绪,他忙道:“没了。这书是半本,到这儿就没了。”

女孩撇了撇嘴:“没意思!还不如陈嬷嬷讲的故事呢。书难道都这样的?”

“也不都这样。”他诧异道,“你没看过电子书?”

女孩睁大了眼:“什么叫电子书?陈嬷嬷从来没跟我说起过。”

他更是诧异。即使他这样的 C 级公民,就算配给很低,但这些现代文明产物他并没有什么隔膜,在技能学校时,使用的都是电子书课本。只是这个不知是天人还是 A 级公民的女孩,不仅不识字,竟然连电子书都不知道!他问道:“那你叫什么名字?”

“桑妮。”

女孩的语气平静得如同最深层没有灯的角落。然而他却有些头晕,小声道:“什么?”

“陈嬷嬷一直叫我桑妮,这不是我的名字吗?”

也许是他的错觉,他越来越觉得这女孩的声音和桑妮小姐相似,但显然不可能是同一个人。他道:“你说得没错,原来你叫桑妮。”

“那你叫什么名字?”

我的名字?他心底苦笑着。他的编号全称是

C230501877917。这个足有十三位数字的编码其实并不难记，意味着他是C级公民，是居住在23层05区的1877917位公民。仅此而已，这个编号也就是他的名字，凭此编号领取每天的合成面包与饮用水，以及每月自动发放到这个编号里的生命点数。任何C级公民都有这样一个编号，只是尽管他能将这串长长的数字倒背如流，可怎么对她说？他有点心虚地说道："我叫……石弃……"

这只是"17"两个数字的谐音。为了能说服自己，他伸出手指，在遍是灰尘的地上写下了"石弃"两个字。写下这个"弃"字时，他还犹豫了一下。他不是不知道这个字的含义并不算好，因此旧式姓名中很少见，只不过一瞬间他只想起这么个字来。只是桑妮根本不知道他写的是哪个字，只是盯着他写下的这两个字，叫道："哈！你真厉害！会写字！"

桑妮小姐居然在羡慕我！他暗自嘀咕着，只是心里却有种异样的温馨，即使眼前只是个小女孩，并不是那个只闻其声的桑妮小姐。雨还在下着，雨水从玻璃天幕上流淌，但里面却干燥而温暖，因为种满了作物，空气也异样的清新。

“你怎么到这儿来的？”

桑妮正学着他的样子在灰尘上写着，头也没抬地说道：“这儿有条地道。”

“地道？”

“是啊，直接通到家里。”桑妮抬起头，“这事你也别告诉陈嬷嬷啊，要不她准不让我来玩了。”

有条地道！桑妮轻描淡写地说着，似乎完全没觉得这有什么异样。在她心目中，这不过是一条能过来玩的暗道而已，显然根本没有想到这意味着可以随时来这儿摘取成熟的作物。就在她头顶，一个即将成熟的西红柿正坠在枝头，这个新鲜的果实在黑市起码可以卖上三百个生命点！不过，假如她真的是天人，对于她来说生命点数应该毫无意义……

“你能教我识字吗？”

他一时间还没能从震惊中恢复过来，不由反问了一句：“什么？”

“我想识字。”她顿了顿，“我也想和你一样看书。”

他笑了起来。如果 19 号知道有个天人在央求自己教她识字，一定不敢相信。他道：“识字挺难的，要记住两千个字，才能进行阅读。”

她笑了:“没关系,你不是经常都来吗? 我们时间有的是。”

虽然只是个小女孩，但她的笑容灿烂得仿佛一下子驱散了满天的荫翳。他也笑了:“你怎么知道?”

“我第一次来这儿时就看到你了。就前些天没见，你天天都来。”

他除了一次瞥到她的身影一眼，一直都没发现过她。他苦笑了一下:“好吧。”

“那你明天还来吗?”

他抬头看了看天。雨已经快要停了,阴云散开了大半,阳光从云缝里漏下来,透过玻璃天幕映到里面。尽管雨是那么可怕,但雨后的天空却异样的清洁而美丽。他轻声道:“要是没下雨,我可进不来了。”

桑妮眼中浮起了一丝忧伤,点点头道:“是啊,要是不下雨,我也不能来,不然准要被陈嬷嬷骂。”这时她突然回过神来,低低道:“哎呀,雨快停了,陈嬷嬷就要醒了,我要回去了。”

他猛然回过神来，说道:“那探头也马上就要恢复了?”

她点点头,将那两块水泥块放回原处挡住了缝隙,说道:“是啊你快走吧，要被陈嬷嬷发现了肯定会骂你的！”

对她来说,大概也就是被陈嬷嬷骂几句,但他自己如果被发现,等待他的将不知是怎样可怕的命运了。他有些慌乱地说道:“那我走了,不然监控一出来,我也跑不掉。”

他急急地向门口跑去,拉开那扇沉重的侧门,刚跑到外面,又回头看了看。暖房里却已经空荡荡的,只有植物的叶子被他开门带起的风吹得微微摆动。

五

“天人会生育吗？”

19 号放下了手中的杯子,怔怔地看着他。这个问题显然是太突兀了,19 号一时反应不过来。好半晌,他才道:“怎么突然问这个,这事谁知道？”

天人除了重生以外，是不是也和其他几级公民一样拥有配偶权,对他们这些 C 级公民而言,自是个谁也无法验证的问题。他干笑了笑,自知有些失言,便喝了口合成奶,掩饰地说:“没什么,突然想到了。”

19号狐疑地打量了他一眼，也是一声不吭。他被19号看得有点发毛，说道："怎么了？虽然你在治安组，可这样想想总不犯法吧？"

19号叹了口气："犯法是不犯法，可你一定有心事。"

19号的话让他有点心虚，他笑了笑："怎么？"

"这几天你都心事重重的。是不是碰到什么事了？要帮得上，就直说吧。"

看着19号的眼神中透出的一丝关切，他不禁有些感动，低低道："其实也没什么，我就是怀疑我见到了一个天人。"

19号从牙齿缝里挤出了"呲"的一声："我还以为是什么，那天天人不是来23层了？我们都见过。"

"不是那回。"

"你还在哪儿见过天人？"

他迟疑了一下，说道："可能是。"

"是就是，不是就不是，哪有什么可能的。你在哪儿见的？"

他犹豫了好一阵，正当19号有些不耐烦的时候，他小声道："那天我见过一个A级的小姑娘，和天人一号很像。”

“小姑娘？”

他点了点头：“是，也就是我们在技能学校时那点年纪。”

19 号笑了起来：“你是在 A 级区见到的吧？A 级公民不需要技能学校培训，而且他们都有配偶生育权，见到小姑娘没什么好奇怪的。”

他抬起了头：“可她和天人一号长得好像。”

19 号撇了撇嘴：“长得像，那也不奇怪啊。”他一边说着，一边向着那边的电影屏幕努了努嘴：“你见到没？这个男明星，长得就和二十几年前一个男明星很像，简直一个模子刻的。”

欢乐屋里今天播放的是部喜剧片，讲述一个缺乏能力，但相当有奉献精神的 C 级公民为了得到配偶权而闹出的种种笑话。扮演男主角的是个刚开始有知名度的男明星，长得十分有辨识度，刚出道时，一些年纪较大的 C 级公民马上认出这人与二十多年前一个很出名的男明星长得非常相像，那时欢乐屋还专门翻出了那部老掉牙的教育片来对照播放，很成了一时的话题。“子肖其父，女肖其母”，他以前看过的纸质书有好几本都出现了这句话，意思就是子女与父母在外形上相似这个特征。当时也有人怀疑这两个相隔二十多年的男明星是不是父子关系，但因为新出道的是个A级公民，而二十多年前的那个则是B级公民，C级公民对于这两个阶层也只能是猜测，因此流言蜚语出现了很多。正因为讨论这话题的人太多了，因此那个男明星还专门做了一期节目来澄清，说自己与那个B级公民前辈并无血缘关系。因为B、C两级公民都是由繁殖组抚养长大，具有配偶权的也只是少数，而A级公民都具有配偶权，孩子从小与父母生活，这样流言不攻自破，而B级公民可以直升A级公民的流言也顿时消失了。不过没关系的两个人可以如此相似，倒也是个有趣的话题，因此这个新晋男明星倒是更受欢迎，连着主演了好几部教育片了。

他点了点头："那倒也是。"

尽管同意19号的推断，可他仍然无法释怀。真的仅仅是因为巧合吗？桑妮手腕上也没有植入式液晶屏，这才是最有力的证据。如果天人也能生育的话……他没有再敢想下去。天人是这个聚居点的最高领袖，也已经是近乎神明的存在，这样的想法都是亵渎。而且，这一次见到的桑妮，仅仅与上回隔了没几天，就长高了不少,这绝不是一个平常的现象……

“又想起什么了？”

19号的声音打断了他的胡思乱想，他道:“没什么。”

“是吗？”19号狐疑地打量着他,没等19号再问什么,他忙举起杯子道:“我喝完了就得回去睡觉,明天得继续上班呢。你这些天忙什么？”

19号苦笑道:“我忙什么,也就是出入口值班,再就是例行巡逻。”

闲聊又变得乏味起来，好在这时那边正播放着的教育片正到了高潮阶段，把欢乐屋里大多数人的注意力都吸引过去了,他也装着感兴趣的样子看着屏幕。C级公民不应该多做交流，这是在技能学校时多次强调的规定。当然,规定归规定,管束却一向很是松散,因为要严厉禁止实在没什么可行性。只是千篇一律的每一天也实在找不到什么话题好讨论的。只是他心里总是平静不下来,他越来越觉得,桑妮确实是个天人。

这个原本不太可能的结论现在反而最有可能。桑妮绝不可能是天人一号，但她说不定真的是那个他一直只闻其声、魂梦与之的人吧，她正在这一程的重生过程中，与自己产生了一段原本绝无可能的联系。

原来，自己与梦中的那个人真的产生了交集，即使非常短暂，短暂得和一个梦一样，仍然让他激动万分。天人的重生不知需要多少时间，想来也不会太久。很快，桑妮小姐又会恢复成一个成年人的模样，高高在上，只闻其声，而她还会记得曾经认得的这个“石弃”吗？

教育片到了一个特别搞笑的段落，观众爆发出一阵笑声。在这阵哄笑中，他的心里却仿佛被利齿啮咬着，痛苦中却又带着甜蜜。

六

夏天已经结束了，但雨季还没有过去，只是第二天却没有下雨。一整天艳阳高照，他在巡视时好几次有意看向那个有地道的暖房，可是并没有发现她的身影。有一回他甚至想冒险过去拉一下，看那扇隐蔽的门还能不能打开，但知道四周都是监控探头，他没敢这么做。

这天下班后去欢乐屋，他的沮丧 19 号也看出来了。但他并没有说出自己沮丧的原因,因为19号自己也显然有点魂不守舍。

每个人都会有自己的秘密,就算C级公民也一样。他想。

第三天出发时，当他听到耳机里传来了桑妮小姐预报降雨的声音时,居然第一次有种企盼。

降雨将从13:27:23开始,雨量小到中等,持续两小时十二分。而这段时间,正与陈嬷嬷的午睡时间重合,也就是说今天又能见到桑妮了!

雨季快要结束了,接下来将是收获季,那时桑妮也一定没机会再溜到暖房来玩,而且,她恐怕也会忘了自己吧。可至少今天她没忘。当看到桑妮站在那扇侧门边,向他招着手时,他心里有种说不出的欣喜。他从飞车座位下取出前天就做好了的长柄夹子，飞快地跑了过去。

“桑妮……”

当他跑到桑妮面前正想向她炫耀一下那个夹子时,却有点发愣。眼前的桑妮明显又高了许多,他还记得第一次在她家里碰到她时,她只到自己的腰这儿。前天碰到时,已经到了自己的胸口了。而现在,她几乎已超过了自己肩头。现在的她,完全已经是一个年轻的女子,已不是小女孩了。

“怎么了?”

因为他直直地盯着,桑妮突然有些羞涩地低下头。这个神情也已经完全是个成年人了,他多少有点尴尬,说道:“桑妮,你长得真快。”

桑妮看了看自己的双臂,说道:“是吗?怪不得这衣服有点小了。”

她身上仍穿着那件粉色的裙子,仅仅前天,袖子还能遮住她的手腕,但今天已经短了一截。她一定是天人,用不了几天,她也会成为那副严厉的模样。他有些恍惚,也有点恐惧,不敢再去多想。仿佛不想,就不会发生这样的事。

桑妮给他带了一瓶合成奶。她带来的合成奶要远比欢乐屋所提供的纯净甘甜,只是当他从那缝隙里掏出了另半本书后,却有点大失所望。那半本因为沾染过雨水,现在虽然干了,但已经凝结成硬邦邦的一整块,根本揭不开了,怪不得整本书也脱落成两半。他还不死心,又伸进去试了试,然而抻出来的比那半本更不如。

看来,这里面原先确实是个书库,然而雨水也渗到里面去过，除了有一本半本逃过一劫，别的都已毁掉了。看着神情沮丧的桑妮，他温和地说道："桑妮，没关系，你不是想学识字吗？学会了识字……"

"学会了识字，我可以自己写！"

他一怔。他本来想说学会了识字就可以看书了，电子书也没什么大不了，只不过没有旧式姓名而已，然而桑妮这句话却让他有种异样的激动。自己写！他从没想过这样，但那些书中的故事，每一个字他都认识，排列组合起来他也会。也许，他也能写一个石弃与桑妮的故事……他也笑了起来："对，自己写。我来教你识字吧。"

天人永生。上下分明。虽然经过了很多年，但他还记得技能学校识字课本第一课的这八个字。他把这八个字讲了一遍，刚想说回去记住，桑妮已然道："那后面呢？"

他怔了怔："你记住了？"

桑妮点了点头，伸手在地上写了下来。她的手指比他的要纤细很多，写出的字迹也要小一些，因为不太熟练，字迹并不好看，但完全没有错。他不由一呆，说道："你学过？"

"没有。"桑妮抬起头，"陈嬷嬷从来没教过我。"

“你就和陈嬷嬷住吗？”

“是啊。”桑妮眼中又有些迷惘，“你是住在地下的吧？地下有很多人？”

他点了点头：“很多。”

事实上聚居点的大多数人都住在地下，如果他不是地面工作的维修工，恐怕都不知道会有人住在地表。毕竟，住在地面上代价太大了，只要下雨，就根本无法离开家里，而且住宅必须做好完善的防护层，一般人根本没有这个实力做到。

“真想去看看地下。”

“对你来说，并不难。”

“你会带我下去？”

他暗暗苦笑。当桑妮重生为天人后，她想去哪里都没什么问题了，而他想带桑妮下去，才是根本做不到的事。就算 19 号肯放行，出入口的监控也马上会报警。只是看着桑妮期待的眼神，他又完全没有勇气向她说明这事，只是点点头道：“当然。”

“太好了，你可别骗我！”

桑妮的脸颊都仿佛在发光。雨不时打在玻璃幕墙上，将残余的暑气一消而散，隔着玻璃幕墙，也闻不到雨水那种酸辛的刺激性气味。如果这样能永远的话……

“石弃,这个字你教过了!”

他怔了怔:“教过了?”

“嗯,你教的第七十三个字就是这个。”桑妮在浮土上写下了一个“区”字,“刚才你教我的‘好’是第二百五十五个。”

桑妮居然连第几个字都能记住!他既是吃惊,又有些妒忌。如此强大的学习能力,更证明了她是天人。只是他搜肠刮肚,一时也想不出有哪个生字还没教过她。想了半天,他颓然道:“一时我还真想不起来了,今天就到这儿吧,我得回去整理一下,想想还有什么字没教你。”

“要记住多少字才能看书啊?”

“大概……六七百个吧。”

桑妮“啊”了一声道:“今天你教了我二百五十五个字,那教我三回就能看书了吧?没想到这么简单,我还以为好难呢。”

她已是喜形于色,他也笑了起来,轻轻抚了抚她的头道:“那是因为你聪明。我当初可是学了半年才能看书。”

第一次，他感到活着原来也可以如此美好，就算是只能住在一百多米的地底。桑妮抬头看了看天，忽道：“对了，我要回去了。”

他看了看手腕上的植入式液晶屏显示着14:23:51，预报说降雨会持续两小时十二分，那还有一个多小时才能天晴了。他道：“雨还要下一阵呢，现在就回去吗？”

“陈嬷嬷每天都睡到十五点。”桑妮伸手拂去了灰尘上的字迹，站起来道，“对了，石弃，你还想不想喝那种水了？”

他有点怔忡，但马上明白她说的“那种水”应该就是上回给他喝的合成奶。就算是普通饮用水，对他来说都是很珍贵的配给食物，更不要说合成奶了。他回过头道：“有吗？”

“我家里有好多，我给你倒一杯去。”

他舔了舔有些干裂的嘴唇。还要在暖房等一个多小时后雨才能停，他也实在很想润润嗓子。他有些不好意思地说：“不麻烦你吧？”

“不麻烦，我想喝都是自己随时倒。”

她走到地道口，掀开了盖子，轻巧地沿着金属梯爬下去。见他没跟来，她扭头道：“快来吧，趁陈嬷嬷还没睡醒。”

他沿着金属梯爬了下去。这个地道口不算宽大，但让他钻下去也是绰绰有余，也不知古代人建这么个地道做什么。攀爬了大约有五米，便到了底。里面很暗，桑妮从怀里摸出一根透明的小棒，在金属梯上敲了敲，小棒发出了柔和的光亮，照亮了周围一小方地。她回头嫣然一笑道："小心，里面很暗的。"

这个地道里虽然没有积水，但仍带着一股微微的酸味，正是雨水的味道。只是桑妮身上却散发出一股幽幽的暗香，即使在这个暗无天日的地道里，也让他有种说不出的欢喜。

桑妮，谢谢你。

他默默地说着。现在这一切都有种恍如梦寐的不真实之感。算起来一共也只见过桑妮三次，每次间隔的时间也不过一到几天而已，然而刚才所见的这个少女，与第一次在她家里见到的那个小女孩已经判若两人。不仅个子高了许多，胸脯高了起来，而且，脸形也几乎就是成年人了。就在刚才，她回头一笑时，已完全是个与他年纪相仿的年轻女子的模样了。

普通人绝不可能有这样的生长速度，唯一可能的，就是她在重生……

他不禁有些胆怯。地上的微尘能够向往太阳吗？或者说，最低级的C级公民能够成为天人的朋友吗？他都没有勇气去设想这样一个场景。然而就是现在，他就走到一个天人身后，而且这个天人与他几乎完全没有隔阂。这一切，仅仅是几天前，他也是不敢想象的。

今天应该是最后一次见到桑妮了。等下一次下雨的时候，她一定已经重生完毕。那时她再想到这些事时，会觉得可笑吗？也许会讳莫如深，也许……

“到了，小心啊。”

桑妮站住了。他看了看周围，漆黑的地道并没有到尽头，仍然通向了不可知的远处。他道：“这个地道做什么用的？”

“谁知道。”她说着，“另外的地方都不好玩，而且拐个弯就被堵住了。”

桑妮已经在沿着另一架金属梯往上爬了。和暖房那头十分相似。桑妮轻轻推开了盖子，钻了出去。他跟着爬上梯子，刚探出洞口，又是一怔，小声道：“这是哪儿？”

“这是我家楼下的地下室，陈嬷嬷不知道有这么个洞。”桑妮小声地说着,“你把瓶子给我,我给你倒满去。”

他从腰间取下饮水瓶递给她，她接过瓶子转身离开了洞口。他就站在梯子上,看着这地下室。地下室并不很大，另一边是一些机器，应该是日常循环净化用的,他所住的第二十三层也有这么一个机器间,过滤出饮用水与空气。这个洞口是位于角落里,与上面的清洁整齐完全不同,这儿净是些杂物,他都从来没想到 A 级区的地下室也会有如此杂乱的地方，被破天者炸毁的 A3 区都没这么乱法。可能，这儿装置这些循环净化机器后再没人下来过,所以连这么个洞口都没被发现吧。

尽管再往上攀爬两三格就能出去了，可他只是默默地站在金属梯上，带着点忧伤地看着这地下室的一切。未经允许进入 A 级公民居所,那是一条非常严重的罪名。聚居点的等级就是如此森严,甚至有过 C 级公民多看了路过的 A 级公民一眼,就被送去治罪的事例。而自己,现在已经是在犯罪了……

“等急了？”

听得桑妮的声音,他转过头。桑妮已回到了洞口,将那个瓶子递下来。他接过瓶子,微笑道:“谢谢。”

“说定了,下次下雨,你可要再来教我识字。”

他心头一阵微微地疼痛，本想让她再别出来的话也说不出口了。他小声道:“你快回去吧,小心别被陈嬷嬷发现。”

“嗯。”

他从金属梯上退了下来。当他站在洞底时,桑妮对着他摆了摆手,洞口盖住后,地道里一片昏暗,再往前走只怕什么都看不清了。好在这一段没有岔路,就算看不见也不会走错。

地道里一片死寂。现在地面上应该还在下雨,但雨水还渗不到这里来,只是有些潮湿。这儿与上面完全是两个世界,就如同他与桑妮。他心里有一丝温暖,更多的却是冰冷的空虚。

桑妮,永别了……

他在心底默默地说着。尽管他很想再看到桑妮的身影,听到她的声音,然而他还是害怕。地面上一点微不足道的微尘,本来就不该梦想着能得到阳光的垂青,只能随雨水融入泥土去。认识桑妮，本来就是个错误吧,她还不知道自己与她的距离比天与地还要长得多。趁这个错误还没有变得不可收拾，趁早结束应该是最好的。

他不禁抬头看了看，仿佛想在头顶那一片黑暗中最后一次看到桑妮的身影。只是他什么都看不到，黑暗中却传来了“啪”一声炸响。

那是冲击枪的声音！

声音正是从那一头传来的，在地道中听来更加清晰。冲击枪是治安组才能携带的非杀伤性武器，只允许在制伏罪犯时使用。虽然是非杀伤性武器，但人一旦被击中，便会一瞬间失去活动能力。当初他与19号在欢乐屋闲聊时，曾听19号说起过。19号还说，冲击枪只有治安组的行动人员才能配带，所以他也没有。至于雷明顿枪这种杀伤性武器，就只有天人的亲卫队才有，连行动人员都没见过了。可这里怎么会有冲击枪？难道会是幻听？

他抬手按了按耳朵。耳郭中似乎还留着方才那一声响，但也更清楚地告诉他，这绝不是他的错觉。正在这时，他听到了陈嬷嬷的声音：“你是谁？”

七

男人看着楼梯上的这个老妇人，眼里闪过了一丝阴冷的笑意:“陈嬷嬷,原来你还在啊。”

这个蒙着面的男人的语气里有种不屑一顾的鄙夷,让陈嬷嬷也不禁隐隐心悸。她无论如何也想不到这个地方居然也会遭到袭击，她倒吸了一口凉气，低声道:“你是……破天者！”

“当然。你们这些肮脏的特权阶层的末日到了！”

男人的声音冷漠而傲慢，又透出了一丝难以掩饰的得意。他扬了扬手中的冲击枪,沉声道:“陈嬷嬷,你应该认识这是冲击枪吧？”

冲击枪是治安组使用的非杀伤性武器。虽然不能对人造成实质性伤害，但枪口发出的冲击力击中人体后,足以让人完全昏迷。陈嬷嬷站定了,慢慢道:“你想做什么？”

男人笑了起来:“我最讨厌你们这些贱民自认为高贵的语气,你也应该知道我想做什么。”

陈嬷嬷的视线越过男人的肩头,看到了他的身后。在他身边,一个穿着粉色裙子的女子正倒在厨房门口。她心头一颤,说道:“你杀了桑妮？”

“桑妮？”男人怔了怔,忽然道:“原来这个自恋的烂货用自己的合成音去预报天气还不够，给自己的后代也取了这名吗？她以为这样就能让你们这些贱民感恩戴德？”

陈嬷嬷的呼吸一下急促起来。男人正在口口声声臭骂的，正是她这一生中最为景仰敬重的那个人。也不知哪里来的勇气，陈嬷嬷厉声斥道：“不许对桑妮小姐无礼！”

男人怔了怔，突然暴发出一阵笑：“触到你的忌讳了，陈嬷嬷？那个只会假惺惺地说什么要保证低级公民基本权益的烂货，自己的后代却没藏在3区，害我扑空了一次。现在那烂货肯定已经猜到了，光杀这后代还有什么用？”

这个男人嘴里吐出的恶毒咒骂让陈嬷嬷突然有种被剥光了示众般的羞耻感。她至今还记得当初第一次得到通知，要自己去侍奉一号时心中那无法抑制的激动。

那是很多年前的事了，那时她还年轻，甚至，比桑妮现在的实际年龄还要年轻。当知道自己被选中成为天人的侍从时，她兴奋得都不知道该如何表达，发誓要将一生都奉献给聚居点伟大的领导者。

见到天人，会给人带来好运。作为一个A级公民，陈嬷嬷同样听到过这个传说，也一直在感谢上天给自己的好运。在生命点数本来早应该耗尽的今天她仍然活着，正是由于主人的眷顾，为了主人，她也愿意献出自己的生命。她厉声道："那你是想杀了桑妮小姐？做梦！"

"做梦？"男人的眼里流露出一丝嘲讽，"梦总要做一下的，万一实现了呢，陈嬷嬷你说是不是？"

他沿着台阶向陈嬷嬷走近，陈嬷嬷下意识地向后靠了靠。楼道的拐角处，是一块嵌在墙体里的高强度玻璃窗，雨正打在窗玻璃上，当陈嬷嬷的手按上去时，一股冰冷从掌心传来。男人走到了陈嬷嬷跟前，低低道："陈嬷嬷，难道你一点也不奇怪，为什么我会知道这座秘密房屋的坐标值，而且神不知鬼不觉地进到里面来？"

陈嬷嬷睁大了眼。男人说的，其实也正是她想知道的。这所房子是用来安置桑妮小姐的后代的，并没有登录在聚居点资料中，正常情况下，这些破天者根本不可能找得到这儿。她看着这男人，男人却轻轻掀开了蒙面。

蒙面下，是一张年轻而英俊的男人的脸。一看见这张脸，陈嬷嬷倒吸了一口凉气，惊道:“你……你是三号！”

男人又戴了蒙面,微笑道:“现在知道了吧？你是愿意为那个烂货陪葬,还是跟随我？”他顿了顿,又道:“对了,不用寄希望于会有救兵过来。现在周围的监控已经完全收好了，任何人都不会知道这幢房里发生了什么事,包括天人。”

陈嬷嬷如同窒息般喘息着，小声道:“桑妮小姐不一定会来。”

男人嘲弄地看着陈嬷嬷,摇了摇头道:“当然,她一般不会过来。但这个后代的骨龄显而易见马上就要成熟,这个时候如果听到后代有异常,她是不可能不过来看一下的。”

“可是……可是你仍杀不了桑妮小姐，她每次过来,都会带着亲卫队。”

男人仍在微笑:“是的，她去哪儿都不会不带那几个忠心的跟班。只不过,再忠心的跟班,也不过是对付寻常的对手。假如有六个不惜一死的破天者正在这幢房子边上等她。就等她走到门前,还没进来时,这六个人就会冲到她面前,然后,轰！”

说到这儿,男人矫揉造作地行了个礼,说道:“亲爱的陈嬷嬷，这个聚居点将会以崭新的面貌迎接下一次的神使,而您,尊敬的陈嬷嬷,也会以一个全新的姿态永远成为这美好前景的一部分,是不是很有吸引力？”

陈嬷嬷将身体靠在了玻璃窗上。在这个夏季刚过的雨天里，正淋着雨的玻璃窗也是冰冷的。她闭上了眼,喃喃道:“我？”

“当然。那个烂货一定没有告诉你这个秘密,”男人摇了摇头,“不论A级、B级、C级的贱民，还是天人,都只是神当初的随机选择。如果有需要,任何人都可以成为天人。”

陈嬷嬷的嘴唇有点哆嗦。桑妮小姐虽然对她十分温和,允许她活到了现在,任务就是看护这个后代,但桑妮小姐确实从未告诉她这件事。她道:“你……你说的是真的吗？”

“当然是真的。”男人的眼神显得异样的真诚,“陈嬷嬷,你的年纪也不小了。虽然你的主子给了你额外的生命点数,可你的身体却在衰老,总有一天你的身体会失灵。那时那烂货就会像扔垃圾一样把你扔进回收仪里。可是如果我……”

陈嬷嬷忽地打断了他的话道:“告诉我,我该怎么做?”

“你告诉那烂货,说她的后代突然生了急病。”男人手中的冲击枪轻轻触了触陈嬷嬷的右手腕,“别告诉我你没办法联系她。”

那是植入式液晶屏的位置,一般的植入式游晶屏只能单向接收信息,但陈嬷嬷的这块却可以与一号进行双向通讯。陈嬷嬷低声道:“好。”

男人的眼里终于闪过一丝得意。这个老妇是一号亲信中的亲信,否则一号也不会允许她在生命点数耗尽后仍然活着了。而这个计划经历了那么多次失败,也终于要迎来最终的胜利。男人眼前仿佛看到下一次神使到来时的情景,那时的聚居点将会成为他所构想的模样……

陈嬷嬷伸出了右手,在腕上调出了液晶屏,只是当她的左手指刚要点下去时,却悬在空中不动了。男人急道:“怎么?我答应你的事一定会做到的,你可别耍花样。”

陈嬷嬷苦笑了一下:“我……我想不起桑妮小姐的呼叫码了。”

男人皱了皱眉。的确,他也知道与桑妮小姐的联系所用的呼叫码肯定是一个很复杂的号码。陈嬷嬷这样的年纪,一般来说早就因为没有使用价值而销毁了,她能活到现在,纯粹是桑妮小姐的徇私。他道:“你想说你没办法了吗?”

男人的眼里已经露出了凶相。陈嬷嬷道:“我也知道自己会忘,所以我把这号码记在床头抽屉柜板的下面了,得去看一下。”

男人想了想,说道:“好吧,我跟你去。”

陈嬷嬷说得并没有什么可疑,他也没有多想。现在已是这个计划的最后一环了,再不能出任何差错。

男人跟着陈嬷嬷走进她的卧室。虽然是个老年人,但房间却是异样的整洁,床边有个柜子,柜上还放着一本早已被查禁了的实体书。当陈嬷嬷走到柜子前,正要拉开柜子抽屉时,男人忽然道:“等等!我来开!”

尽管陈嬷嬷同意听从自己的吩咐,但他仍然不敢太过相信。毕竟,这个老妇人是一号亲信中的亲信。他走上前,陈嬷嬷识趣地退后,他伸手一把拉开抽屉。抽屉里并没有什么可疑的东西,他放下了心,将整个抽屉抽了出来,翻了个面。然而,抽屉的底面上却什么都没有。

上当了！

男人脑海中立时闪过了这个念头，下意识地身子一低。也就是这时，一道光忽地从他背后射来，男人正好弯下了腰，这道光已然从他肩头擦过。

陈嬷嬷手里也握着一把冲击枪。这把冲击枪是桑妮小姐交给她防身用的，就藏在门后的暗阁里。她也知道自己的体力绝对不是眼前这男人的对手，只能用这样的计策引他上当。只是男人虽然上当，可自己这一枪却落空了。她正待再开一枪，从男人臂下射出一道白光，正中她的前心。陈嬷嬷被这道冲击波震得倒飞出去，正撞在玻璃窗上。那面玻璃窗比暖房的玻璃幕墙还要厚一些，虽然强度很高，然而同样禁不起如此巨大的撞击，“哗”一声，窗子碎成了无数碎片，陈嬷嬷一下从窗洞里摔了出去。

窗子一破，外面的风马上夹着雨点冲进屋来。细细的雨点洒在地板上，立时在地板上腐蚀出无数个小小的凹坑。男人小心地站起来，看了看肩头。

假如刚才他躲得稍慢一点，被陈嬷嬷击中肩头的话，一定会半边身体都动弹不得了。但就算只是擦了一下左肩，这只左臂也几乎没有了知觉。他越想越恨，小心走到窗边向下望去。这层楼并不算高，如果是晴天，从这样的高度摔下去不会有什么大碍，但陈嬷嬷是中了冲击枪后摔出去的，俯卧在地上动也不动，雨洒在她身上，正冒出白色的烟雾，散发着一股恶臭。

如果不是因为中了枪后摔出去，现在的陈嬷嬷一定疼得惨叫不断，现在让她死得毫无痛苦，却是便宜她了。

男人恨恨地想着，一阵风突然将一些细小的雨珠吹到了他脸上。虽然只是极细小的雨滴，但仍打在他的蒙面上，仍是让他如同被无数烧红了的尖针刺中一样。男人咒骂了一句，向后跳了一步，躲开这阵雨水。

现在该怎么办？男人眯起了眼。无疑，陈嬷嬷一死，她腕上的植入式液晶屏很快会向一号发出警报，原先的伏击计划就行不通了，必须马上改变策略……

男人收好冲击枪，小心绕过破窗走向楼下。刚走过拐角，还没站稳，男人却一下怔住了。

那个女孩竟然不翼而飞！

男人额头一瞬间冒出了一层冷汗。方才就在厨房门口，他击中了女孩的前心。这个女孩在两个小时内绝不会有丝毫神智，而从那时到现在，一共不过十几分钟罢了。

这究竟是怎么回事？

虽然带着几个破天者，但没得到自己的命令，他们绝不会进来。这几个破天者都坚信自己是为了正义的事业而奋斗，绝不会背叛自己，那么唯一的可能，就是有其他人潜入。然而出入口有破天者守着，也就是说……

八

下一场雨将会在八个小时候后降下。也就是说，留给自己的时间是八个小时。

他看着面前的景色，默默地想着。

虽然几乎天天都在地表工作，但这还是他第一次在夜晚留在地表上。他也是第一次知道，地表上的黄昏原来会是如此美丽，当太阳落到远处光秃秃的山脉背后时，夕阳的光芒竟然灿烂得仿佛要燃烧整个世界。

这个世界，如果不下雨的话，真是一个美好的天堂，难怪会有 A 级公民不惜一切也要住在地表上。他想着，不由回头看了看身后的桑妮。她的神智还不曾恢复，正半坐在墙边。

在这儿，暂时还是安全的，但不知这安全能持续多久。他坐到了桑妮对面，默默地想着。

发现这个地方完全是偶然。有一回导航出现了一点偏差，结果飞车没有把他带到工作点，而是到这个地图以外的地方来了。其实这种事很正常，除了五十个种植区，以及几个居住区，绝大部分地表地区在导航图上都是一片空白，而且这些空白区大多是一个模样，所以这个还残存着建筑物的地方很容易被导航误当成正常地点了。

那时他吓了一大跳，还以为会回不去了，但导航很快就恢复了正常。因为这儿并不存在于导航图，因此连行驶记录都没留下痕迹，只是他多留了个心思，把坐标值记住了。

很久以前，人类在地表建立起很多居住点，这儿应该是其中的一个。后来他曾偷偷来过几次，想看看这个地方还有没有那时残存的纸质书。然而这儿占地虽大，却已是一片废墟，连尚属完整的房屋都没几所了。现在他所在的这间屋子仅仅是屋顶坍塌，四壁还算完好，别的地方则基本上只有些颓坏的矮墙。这种没有防护屋的古代房屋，在 pH 值已达 3.4 的雨水侵蚀下能坚持到现在，本身就是个奇迹，更别说想找到纸质书了——即使曾经有过，肯定已被雨水融成了一团胶冻。因此当第三次寻而不得的时候，他也就再没来过。只是当他将昏迷的桑妮带出了那幢屋子时，首先想到的就是这个地方。

一阵细微的“嗡嗡”声突然从耳机传来。

那是飞车正在停泊时内部线圈感应发出来的声音。因为怕被总控制台定位，他已经将飞车上的通话仪关闭了，但飞车与耳机的联系仍然一直开着。这个声音表明至少有一辆正在靠近他开来的那辆。他马上站了起来，小心地从一个隐蔽处看去。

一辆巡逻车正在向这里驶来。只有一辆。

会是 19 号吗？他心中仍有些忐忑。当他情急之下带着桑妮逃走时，并没有想那么多，想到的仅仅是一定要救下桑妮。然而坐上了飞车后，思维开始清晰了些，他才真正意识到自己的处境。

桑妮是一号的后代！而天人三号想杀掉天人一号！这些已经超出了他想象极限的事，直到现在他仍然还在心悸。三号负责整个聚居点的治安工作，也就是说，所有治安组人员都是他的手下，难怪那些破天者会如此神出鬼没。他毫不怀疑,三号用不了几分钟就能查到是自己做了这件事,因为三号有调用总数据库的权限,仅仅需要查一下在雨前那幢屋子周围附近有什么人。带着桑妮回去的话,只怕还没到出入口就会被截住。

躲到这个不存在于数据库的地方，然后，通知一号。就算 C 级公民的智商被认为是三种公民中最低的,他仍是发现了这条唯一的生路。然而 C 级公民报警的唯一途径是通过治安组,而治安组又由三号掌握。正当他感到走投无路的时候,飞车里响起了 19 号的声音。

以往,19 号也曾经在巡逻时和他通过飞车上的通话仪聊过几句。他没有权限呼叫别人,但 19 号却有。以往这种闲聊有一搭没一搭,非常难得,但这时听到,却让他有种绝处逢生的欣喜。在通话仪里他也不敢多说,只是将这片废墟的坐标告诉了 19 号。这个聚居点就算是大型的,但能帮助他的也只有 19 号一个人。只是他仍然有些担心,因为友情归友情,现在他面对的却是聚居点最高领导之一，更是 19 号直接领袖的天人三号,如果他知道了真相还会不会帮助自己?

只有赌一下了。他想着。

巡逻车滑行了一个大大的弧线，停在了他那辆飞车边上。门开了,从里面走出来的正是19号。19号可能以为他仍在车里,诧异地打量着飞车,正试图去开门,他这才松了口气,看了看仍然昏迷不醒的桑妮,走了出去。

到处都是残垣断壁,简直和迷宫差不多。因为没经过清理,最高悬空只有零点五米的飞车是进不来的。在如此庞大的废墟里,就算治安组人员全部闯来,想找到他也不是一件简单的事,19号一个人的话,如果没有他引路,只怕永远都找不到他了。

绕过了几个弯,从一堆曾经相当高大,现在却只剩几排两米多断墙的房屋中走过,前面是一个很大的缺口。

那里是他先前带着桑妮进来的地方。他走到缺口处,小声叫道:“19号!”

19号正在徒劳地想拉开他那辆飞车的车门,闻声一下站定,回头看了看,待发现了他,19号马上快跑过来。他向前走了两步,说道:“19号,小心,这儿很不平。”

尽管几个种植区其实都是在废墟上建起来的,很多还利用了尚未彻底崩坏的古建筑,但这儿完全没经过清理,地上坑洼不平,19号深一脚浅一脚地走到近前,急急道:“你真在这儿!她人呢?”

"她很安全。你过来时没别人知道吧？"

19 号露齿一笑道："当然，你告诉我这坐标时，我就知道这事不比寻常，所以趁着巡逻的当口过来，谁都不会知道。"

他暗暗又松了口气，正要开口，19 号抢道："先带我去看看她，一路走一路说。"

他顿了顿，说道："好吧。"

"你怎么找到这地方的？"

这片废墟大约占地有好几平方千米。然而在广袤无垠的地表世界，如果没有坐标的话，想找到这个地方都很难。到处都是碎砖石和瓦砾。雨水侵蚀了大部，留下来这些都特别坚硬。他领着 19 号小心从那些碎块中间穿过，如果没有他引路，19 号大概根本想不到能从那地方过去。一边走着，他一边说着方才发生的事。桑妮是一号的后代。天人三号组织了破天者。三号准备刺杀一号。听起来惊心动魄的事，说起来却简单而平静，三言两语就说完了。19 号却仍是听得咂舌，当他刚说到自己带着桑妮从地道出来时，正好到那间还算完好的屋子前。他站住了，说道："她就在里面。"

19 号走了进去，一见到她，19 号的眼一下睁得滚圆:“天啊,她真的跟一号一模一样!”

“她是一号的后代。”

他轻声说着。天人原来也有后代,而这一切是他原先根本想不到的,就如同他也根本想不到天人之间竟然会有你死我活的斗争。他见19号走上前,似乎想试她的呼吸,忙抢到19号面前,轻声道:“她还没醒呢,没别的事。”

19号被他拦住了,有些尴尬地笑了笑,说道:“那你下一步准备怎么办?”

“当然是尽快向一号汇报……”

他没有说下去。这事听起来十分容易,但对他这样的C级公民而言却难如登天。他连直接见A级公民的资格都没有,更不要说见到天人一号了。但19号却沉吟了一下道:“不错,这也是唯一的办法了。”

他心头一动,又惊又喜道:“你能?”

19号露齿一笑:“当然,我是治安组的。你大概不知道,我的办公室有一台紧急通话仪,是紧急事态时直接联系一号用的。”

竟然有这样的事!他一把握住了19号的手:“真的?”

19 号多半有点不太习惯他这样的情感外露，移开了视线，说道："当然是真的，我还会骗你吗？"

19 号当然不会骗我。他想着，不禁为自己的失言而有点羞愧。他道："19 号，你马上就去向一号汇报吧。"

19 号点了点头："嗯。"顿了顿，19 号又说道："那你和她都留在这儿别走开。应该在两个小时内，一号就会派人来接你们的。"

他长吁了一口气。这种绝处逢生的感觉让他如此欣慰，他道："好的。"他见 19 号转身要出去，忙道："来，我送你出去。"

19 号道："不用了，你……"

"没有我带你，你大概找不到出去的路。"

他笑了。这话并不是吹牛，这儿到处都是一模一样的残垣断壁，如果不知道他沿途留下的暗记，想找到这个地方的确相当不容易，更不要说现在天色已越来越暗了。19 号显然也发现了这点，便没有推辞，说道："好吧。得抓紧时间了，降雨还有……七个小时吧？"

"差不多吧。"

如果不是 19 号提起，他都快要忘了降雨的事了。在这片废墟里根本没有可躲雨的地方，但用不了三四个小时，他和桑妮就将被一号接到一个安全的地方去了。然后……

然后,有可能会升上一级吧。只是他也知道自己就算真的能升一级,也不过是成为 B 级公民,而桑妮,却是个天人……

他不再去想了。能为桑妮，也是为桑妮小姐做点事,那就足够了。他领着 19 号在那些残破的墙体间绕了好几个弯，前面便是那道缺口。19 号站住了道:“17 号,你也别送了,回去等我的好消息吧。”

他也站在了缺口处,小声道:“19 号,谢谢你。”

“谢什么,我们可是朋友。”

他只觉泪水就要夺眶而出,强忍着道:“是,我们是朋友。”

看着面前的地面。太阳已经下山了,地上洒了一片月光。这么多年,他很少能有机会看到月光,现在才知道月光原来如此美丽。

“朋友”这个词,在这个时代已如此陌生,尤其是不允许互相交流的 C 级公民之间，这个词更显得如此奢侈。他不由得抬起头,再看了看 19 号的身影。19 号已经拉开了自己那辆巡逻车的门,正有点费力地钻进去。

飞车的空间不够大，先前他带着桑妮过来时，也有点费力。他不由笑了笑，正待转身，耳机里突然发出了一丝轻微的啸鸣，随即，他听到了19号十分微弱的声音："C230501877919呼叫总台，C230501877919呼叫总台。申请转接，申请转接，权限代号CPT19，权限代号CPT19。"

19号现在就与一号联络了？他不由一怔。因为19号的巡逻车就停在他的飞车边上，因此他的耳机通过飞车上的通话仪接收到了19号的声音。只是他分明记得，19号说过紧急联络天人一号的通话仪是在他的办公室里，也就是在出入口。那么他现在在联络谁？

一瞬间，他只觉仿佛有一道寒气从背后直升上来，让他周身都如浸在了冰水中一样。方才，19号见到他时的头一句话就问"她人呢"，可是，他先前通过飞车上的通话仪联系到19号时，根本没来得及说自己带桑妮逃出来的事情！

他只觉得天地仿佛都在旋转。难道……他不敢再去想，也不愿相信自己的怀疑，甚至觉得怀疑19号的友谊便是亵渎。然而这个念头又死死地缠着他，怎么都无法摆脱。

他快步向巡逻车走去。

十几步路,他走得快而无声。19 号正聚精会神地对着通话仪,大概正在等待回应,也根本没注意他就在外面。他轻轻敲敲了车窗,正想让 19 号开一下车门,19 号却浑身一颤,猛地扭头看向他。

那是种什么样的神情啊!他的心也猛地一颤。透过车窗,19 号的神情是如此恐惧。还没等他说话,19 号已猛地按下了启动键,巡逻车忽地升起了零点五米高,开始缓缓地加速。

19 号要逃了!

他的心也在这一刹那凉到了极点。本来以为绝处逢生的欣慰,霎时都已成了深深的哀伤。

友情,原来一点也靠不住……

巡逻车在加速的时间纵然并不算快，但飞车的力量仍不是肉体能抵挡的，他也没有去试图阻挡巡逻车的行动,他只是拉开了自己那辆飞车的门,用最快的速度冲进去,按下了启动键。

巡逻车与他的飞车是同一个型号，速度也应该完全一样。但 19 号来的时候,用的是自动导航,而他却是手动的。自动导航的话,巡逻车一定仍按来时的路线回去,因为这儿的地形并没在导航图上,因此巡逻车会选择一条相对最为平坦的路线,也会滑行一个大弧线。虽然他启动飞车慢了一步,但以手动的话,一定能抢在19号之前。

一定要!

他控制着飞车,沿着另一个方向驶去。因为地面的坑洼不平,反重力飞车也随之不停地上下跳动,仿佛随时都会散架。他死死握住方向盘,眼睛却盯着侧面的巡逻车。

欢乐屋的对饮,以及平时的有一句没一句的闲聊。这些曾经的记忆这一刻如潮水一样直涌上来,却又什么都看清,就如同浸在雨水里,被融成一团凝胶的纸质书一样了。

他的眼前已经模糊了。那是泪水涌出了眼眶。可就算看不清前面,他仍是牢牢把握着方向盘。现在,巡逻车绕了半个圆圈,已变了方向,成了与他相对。在泪光中,他能看到对面的19号那张充满恐惧的脸。

友情,原来真的靠不住……

他闭上了眼。随着一阵剧烈的撞击,两辆飞车同时摔到了地面。他只觉天地都在旋转,但那是因为他被甩了出来,正在地面上滚动。因为几个小时前刚下过雨,地上还有一些积水,当他在积水中滚动时,不时有烟气冒出来。强腐蚀性的雨水,一定已经蚀坏了他的外衣,甚至灼伤他的皮肤了,好在他正在不停地滚动,所以腐蚀得还不是太厉害。

大概翻滚了十几圈,他被一个石块挡住了。这里幸好没有积水,他深深吸了口气,这才费力站了起来。

外套已经被蚀得千疮百孔,肘部露出的皮肤更是有一片血痕,但还不算严重。因为连续滚动,雨水没来得及进一步腐蚀他的身体,就被地面吸干了。他拍了拍身上的土,看向一边。两辆飞车因为正面撞击,都已经破损不堪。他在撞击时被甩了出去,但19号没那么好运,由于车头的变形,19号被卡在座位上动弹不得,方向盘已被震断了,断落的手柄却插入了19号的前胸。

不知为什么,就在片刻之前,他对19号的背叛如此痛恨,但这一刻却已荡然无存。他小心地拉开巡逻车座位,想让19号能松动一下。刚一移动座位,19号却猛然间咳嗽起来,咳得那么厉害,甚至嘴角都有鲜血涌出。他吃了一惊,伸手抹去了19号嘴角的鲜血,但血仍是一块块地涌出来。待他将19号移到外面的平地上,

19 号嘴角仍然在不停地流血。

“别白忙了,17 号。”

19 号口中突然发出了轻轻的声音。他停下了擦拭着的手,默默地看着 19 号。19 号的脸色已经变得惨白一片,尽管他的生命点数还有很多,但生命只怕马上就要到了终点。

“17 号,你别怪我,我早就是个破天者……”

19 号断断续续地说着。这个秘密,本来 19 号是准备留到永远去的吧。他也不知到底该怎么回答。19 号的生命是他剥夺的,可如果不这么做,就是他与桑妮结束生命的时刻到了。

“一号……不可信……”

19 号的声音越来越轻,终于消失。

一滴泪水从他眼里落了下来。流泪,对 C 级公民来说也是奢侈的。他的第一次流泪,是离开技能学校的那天。因为那天他知道自己基本上永远都再也见不到那个女孩子了。而他也一直以为那也是他最后一次流泪。

他伸手让 19 号仍然睁着的眼闭上了,伸手擦去脸上的泪痕。正在这时,一边巡逻车的通话仪里突然发出了“吱吱”几声,随后是一个女子的声音:“CPT19,你的转接申请已批准,请问要转接哪一位天人?”

这通话仪竟然奇迹般仍然完好!他吃惊地抓起了已经脱下来的受话器,说道:“申请转接天人一号。”

“申请收到。请重复您的社保编号。”

13位长的社保编号,一般人都不太会全背下来的,这也是一个防范措施吧。他马上道:“C230501877919。C230501877919。”

“收到。马上为您接入天人一号。”

只等了很短的时间,他听到了一个熟悉的声音:“我是天人一号。请问发生了什么紧急情况?”

桑妮小姐温婉动人的声音传来,让他眼前又是一片模糊。他结结巴巴地说道:“桑……桑妮小姐,我是C230501877917,我有紧急情况向您报告。”

九

“石奔,是你吗?”

月光已经看不到了,天空中定然已堆满了乌云。但现在什么都看不到,连手腕上的植入式液晶屏都根本无法分辨。黑暗中,他循声伸出手去,握住了那只纤小的手腕。

“桑妮,我在这儿,别怕。”

虽然看不到一切,但桑妮握住他的手时,仍是满足地低低呻吟了一下:“我想你会来救我的。那个男人,好可怕。陈嬷嬷呢?她也在这儿吗?”

桑妮的记忆仍然停留在三号闯入的那一刻吧。他小声道:“她不在。但你不用害怕,天人一号已经知道了这件事,很快就会有人来带我们走。”

“天人一号?”

黑暗中,他淡淡地笑了。桑妮从来没有上过学,甚至连字都只认得他教过的二百五十五个,天人一号这个名字对她而言与“石弃”没什么不同。他道:“是啊,她是你的母亲。”

“母亲?”

尽管这个词同样让桑妮感到了一点困惑,但她马上道:“啊,我记起来了,那首诗里也有这两个字!”

我像看见家乡的烟景
这时父亲在翻阅旧历书
母亲在愁对满天的暗云

他也记起来了，那本残破的诗集里的那几行诗。以前他从黑市上买纸质书读时，从来都不理解“诗”到底有什么用，但现在却似乎隐约明白了一些。他道：“是啊，母亲会牵挂着你，永远都记得你的。”只是，他的心底却又有一丝不安。时间一分一秒地流逝，距他向一号报警已经过去了大约三个小时了，怎么救援队还没来？难道，在夜晚他们无法定位吗？可是 19 号分明通过坐标找到了这里，而他也分明并没有报错……

“石弃，我有点冷。”

不知什么时候，夜风大了起来。他也从来不知道，地表的夜风竟然会如此寒冷。地下层有种种不好，但寒冷却是从来都没有过的。他的外衣虽然破了不少，但至少还有一定的厚度，桑妮身上却只穿着一件单薄的长裙，当风吹过来时，她的确会感到冷。他犹豫了片刻，说道：“来，我抱着你。”

这句话他说得很平静，却是鼓足了勇气。这是他以前看过的一部教育片中的情节，而这个情节总是让那些 C 级观众浮想联翩，而他也记忆犹新。教育片中，女主角拒绝了说出这话的男配角的邀请，还说了一通 C

级公民应该遵守的规章，但桑妮却没有拒绝，几乎是同时，他感到了一个冰冷而又柔软的身体依偎到了他的怀中。

“啊，这样好多了。”桑妮满足地打了个小小的呼哨，“石奔，你不是看过很多书吗？讲个故事给我听吧。”

他不由一怔。他是看过很多书，像那本《水浒传》里，什么天13倒拔垂杨柳，天14醉打猛虎之类，他都是记忆犹新，但这些故事似乎都不太适合向怀中这个少女讲述，而且他的脑海中也是一片空白，都想不起来具体情形了。

你可曾记得我们不期而遇的那场雨
在离家那么远的地方

这是桑妮第一次找来的那本诗集中仅存的两句话。这没头没脑的两句，此时却仿佛说的就是他。同样是离家那么远的地方，同样是一场不期而遇的雨，写这两句诗的人，也一样在害怕中带着点甜蜜吗？

他抬起头，看了看天。天空是一片深不见底的黑暗，而这片黑暗也笼罩了一切。只剩下不到两个小时，这场暴雨就会降临吧，但他心中并没有丝毫的恐惧，因为桑妮小姐答应过他，马上就会有救援队到来。

那个温婉动人的声音，用如此温柔的语气安慰着他，让他险些又要落泪。正因为有桑妮小姐作为天人一号，这个聚居点才会如此安详和谐。他可以怀疑整个世界，但绝不能怀疑桑妮小姐。何况，她的孩子正偎依在自己的怀里……

远处一道光柱突然划破了黑暗。突然出现的亮光让他不由颤抖了一下，桑妮也睁开了眼，抬起头惊道："那是什么？"

他小声道："桑妮，先不要出声，我去看看。"

来的，是好几辆飞车。因为太暗了，因此飞车都开着大灯，灯光不住地向这边扫来，就在外侧，这几辆飞车都停了下来。

飞车是进不到废弃城市里来的，而这样的黑夜里，想在这么大一片废墟中找到自己也几乎不可能。可是他仍然没有出声，毕竟，那是三号策划的阴谋，尽管他已经报告了桑妮小姐，但桑妮小姐在这么短的时间里能够解决三号吗？三号也知道了这个坐标，19 号一直没有回去，他们也一定知道出事了……

光柱扫过了残垣断壁，这里夜空中突然传来了一个声音:“C230501877917,你在这儿吗？请回答。”

那是桑妮小姐温婉而又动人的音色。他长吁了一口气,身上仿佛瞬间卸下了千钧重担。

救援队!救援队终于来了!那些教育片里经常有这样的场景,在最后一刻救援到来,主角化险为夷。现在几乎就和电影里的场景一模一样，仅仅是没到最后一刻。而桑妮小姐的声音他熟而又熟,绝不会听错。他站了起来,大声道:“桑妮小姐,我在这儿！”

几道光柱同时打向缺口,把缺口处照得一片通明。在那光柱的源头，他看到了上一次在欢乐屋门前见到的纤细的人影正站在那儿。

桑妮小姐……

他在心底默默地念着这个名字。这个拥有仿佛散发出光明来的名字的人,现在就在面前,尤其,她是亲自来接自己的。这一切恍如梦寐,让他都不敢相信。

“公民,你已经安全了,请过来吧。”

尽管桑妮小姐因为站在光柱后面，看上去模糊不清，但那个看上去与桑妮几无二致的身影让他心底感到了如此温暖。他向一边的桑妮小声道:“桑妮,我们过去吧。”

桑妮有点胆怯地抓着他的手，小声道:“她……她就是你说的母亲？”

他略略迟疑了一下。桑妮小姐一定是桑妮的母亲，只是天人也有不足以向外人道的秘密，他也不必去追究。他低低道:“是啊,走吧,快下雨了。”

从缺口处到桑妮小姐站立的地方大约有二十多米,也就是三十几步。尽管他已是筋疲力尽,身上还带着好几处雨水的灼伤,但这三十多步却越走越是轻快。当他几乎有些急不可耐地走到了离桑妮小姐五六步远的地方,站定了道:“桑……”

“砰！”

他的胸口突然感到一阵剧烈的冲击，然后就是如烈火烧灼般的剧痛,使得他一个趔趄,一下仰面倒在了地上。桑妮被这突变吓坏了,抢到他身边弯腰看着他，惊叫道:“石弃！”

上当了！这一定是三号的伪装！快跑！

他想喊,可是胸前的伤口里血正在喷涌而出,将他本已经破了的外套也染得一片殷红，他的肺部已然呛满了鲜血,连喘息都是如此困难,别说喊出来了。而桑妮正想要扶起他时，有两个男人突然出现在她身后，一左一右挟住了桑妮，这两人身形矫健，孔武有力，桑妮连一点反抗的余地都没有，几乎被拎着挟离了他身边。

“石弃！”

桑妮的哭喊声渐渐远去。如果这是部教育片，那自己一定能飞身跃起，将那两个男人打倒在地，救回桑妮。可是他能做的，仅仅是将头侧过来，转向桑妮那一边。只是当他侧过头时，却已看不到桑妮了，只能看到光柱后一个人影款款走近。

那是个纤细的身影，甚至，在一瞬间他几乎以为就是桑妮。太像了，甚至，当他看到那张凸显出暮色的面孔时，即使已经快要丧失神志了，仍是惊讶得睁大了眼。

那张脸，分明就是桑妮！

不是在欢乐屋门前所见到的苍老的脸，而是一张光润的年轻人的脸，看起来，简直与桑妮在镜子中的投影……不对，镜中的是反像，而眼前的桑妮小姐，与桑妮除了衣着有些不同，别的几乎都一模一样。

“原来你还给自己取了个姓名啊，C230501877917公民，或者用你给自己取的姓名，石弃？”

这个仿佛桑妮翻版的年轻女子却丝毫没有桑妮的

温柔与单纯，却有着冷峻无比，同样又沧桑无比的眼神。他茫然地看着眼前这个熟悉而又陌生的女子,费力地说道:“你……是谁？”

女子却只是给了他一个微笑，马上正色向着一边道:“立刻扫描这一带,不许有任何人漏网！”

“是,桑妮小姐。”

一个以他的角度看不到的男人的声音响了起来。低沉,顺从,语气中带着无比的崇敬,就与他几分钟前一样，随即是一阵的脚步声。这时女子才对着他弯下腰,微笑道:“你应该知道我是谁,谢谢你举报了三号。中了雷明顿枪还能动，你这个C级贱民倒也值得有个姓名了。”

尽管她的眉目与桑妮一模一样，可神情却有着天壤之别。她的声音中带着毫不掩饰的鄙夷,他都从来没想过那个听惯了的温柔的声音会说出如此冷酷的话来。他根本动弹不了,鲜血也几乎充满了他的肺部,让他无法呼吸。他几乎用尽浑身力气喘息了两下,才低低道:“为什么？”

“你很想知道吗？”女子向前走了两步,离他更近了些。“你想知道为什么你为我从三号手中救下了后代，我仍然要这样对你,是吧?”

女子的鼻腔里发出了一丝优美的轻哼。那是桑妮小姐特有的音色，以往他也特别喜欢听这种带有一点鼻音的发音。

“这是神的旨意。”女子淡淡地说着,“神赐给了天人永生的权力。所谓永生,就是当天人衰老后,以天人的体细胞培养出一个完全一致的年轻个体，然后将上一代天人的大脑移植过去,这样就是一次永生的过程。生生不息,直至永远。所以,天人的后代,其实就是下一代天人的躯壳。三号算到了我即将替换躯壳,所以才会想出这样的计划。他也真是个有能力的人,只不过他没有料到我备有的躯壳有好几个。”

女子声音在暮色中越来越显得幽渺。她已经替换过不知多少代的躯壳了，而这些话只怕还是在她漫长的轮回中第一次向人诉说,所以她才会如此饶舌。

“真没想到你这样的C级贱民居然会产生超越A级的智慧,当我听到你的报警时都吓了一跳呢。”

女子抿着嘴笑了笑。这个神情与桑妮一模一样,可是他怎么都不愿将她与桑妮联系起来。如果是部教育片,现在他一定能跃起来,将这女子扣为人质,然后逼迫她那些忠心的手下就范。随后，就是救出桑妮，迎来幸福的大结局，让观众长吁一口气，觉得没有浪费观看时花费的几点生命点数。可是他的生命点数尽管还剩下了很多，生命却已在一点一滴地流走，现在他身上唯一还能动的，大概就只剩下眼球了，意识也越来越模糊。

桑妮……

仿佛听到了他的心声，女子又微微一笑："放心吧，我的移植很成功，那个备用后代不需要了，再过一阵就会被回收。她不会有任何痛苦的，你不用担心。"

这时又响起了一阵脚步声，随之是先前那个男人的声音："桑妮小姐，已经对这座废弃城市做了一次整体扫描，未发现有任何有机体。"

女子看了一眼前方。这片废墟原本就没在导航图上，能被人发现本身就是件极其偶然的事，何况也应该没有其他人了。她点了点头，说道："好的，将那具活体与死体都回收吧。"

"这个呢？"

女子看了一眼躺在血泊中的他。他的眼仍然睁着，还有最后一点神智，但前心被雷明顿枪击中后，他已完全不可能活着了。女子叹了口气道："虽然资源宝贵，但回收他也做不了几个合成面包。这个C级公民让我找出了三号这个叛徒，也算立下了功劳。”她顿了顿，微笑道：“雨会收拾一切，不是吗？”

尽管跟随女子已经很多年了，男人仍是下意识地打了个寒战。但他马上意识到自己有点失态，站直了道：“是，桑妮小姐，您真仁慈。”

飞车重新启动了。他想从那些启动声中辨认出桑妮的哭喊，但已是徒劳。现在的桑妮，大概也已经失去了神志吧。

对不起，桑妮。他想着，泪水不知不觉最后一次流出了他的眼角。天空是那种幽深的黑暗，虽然看不到，但云层一定正被罡风吹得翻卷不定，一场暴雨也马上就要倾盆而下。这些腐蚀性极强的酸雨将会把他的皮肤、肌肉和脂肪都从骨骼上剥落下来，化成一堆软泥，然后，连白骨也腐蚀成泥土，再不可寻。

桑妮，对不起。他想着。在他的脑海深处，仿佛又有个人在幽幽地吟诵：

你可曾记得我们不期而遇的那场雨

在离家那么远的地方